A História é uma das disciplinas do saber a que melhor se associam os impulsos do imaginário: o passado revivido como recriação dos factos, e também como fonte de deleite, de sortilégio e, quantas vezes, de horror. A colecção «A História como Romance» tentará delinear, no enredo das suas propostas, um conjunto de títulos fiel ao rigor dos acontecimentos históricos, escritos numa linguagem que evoque o fascínio que o passado sempre exerce em todos nós.

1. *Rainhas Trágicas*, Juliette Benzoni
2. *Papas Perversos*, Russel Chamberlin
3. *A Longa Viagem de Gracia Mendes*, Marianna Birnbaum
4. *A Expedição da Invencível Armada*, David Howart
5. *Princesas Incas*, Stuart Stirling
6. *Heréticos*, Anna Foa
7. *Senhores da Noite*, Juliette Benzoni

Senhores da Noite

Título original:
Seigneurs de la Nuit

© 2002, Éditions Bartillat

Tradução: Pedro Elói Duarte

Revisão: Luís Abel Ferreira

Capa de José Manuel Reis

Ilustrações de capa:
©: Christoph Riddle — iStockphoto (Máscara veneziana)

©: Lise Gagne — iStockphoto (Casal, pormenor)

ISBN 10: 972-44-1344-6
ISBN 13: 978-972-44-1344-0

Depósito Legal nº 250764/06

Paginação, impressão e acabamento:
Manuel A. Pacheco

para
EDIÇÕES 70, LDA.
Novembro de 2006

Todos os direitos reservados para língua portuguesa
por Edições 70

EDIÇÕES 70, Lda.
Rua Luciano Cordeiro, 123 – 1º Esqº - 1069-157 Lisboa / Portugal
Telefs.: 213190240 – Fax: 213190249
e-mail: geral@edicoes70.pt

www.edicoes70.pt

Esta obra está protegida pela lei. Não pode ser reproduzida,
no todo ou em parte, qualquer que seja o modo utilizado,
incluindo fotocópia e xerocópia, sem prévia autorização do Editor.
Qualquer transgressão à lei dos Direitos de Autor será passível
de procedimento judicial.

Juliette
BENZONI

SENHORES
DA NOITE

70

A Jean Piat,
e ao mais nobre senhor da noite,
o Comediante.

*A história é a arte de descobrir, entre as coisas falsas,
aquelas que mais se parecem com a verdade.*

Jean-Jacques Rousseau

PRÓLOGO

As noites do século das Luzes eram certamente mais escuras do que as dos séculos anteriores, pois nunca o homem, em busca da sua essência e destino, se havia dedicado tão resolutamente ao prazer, ao ouro e ao mistério.

Casanova, Cartouche e Cagliostro, o libertino, o bandido e o mago, encarnaram, cada um à sua maneira, a necessidade instintiva de superar os desígnios do destino. Um destino que, de início, não prescrevia que viessem a ocupar as montras iluminadas da História ou a estar sob as luzes da ribalta.

Se a vontade suprema que preside à sorte dos homens não tivesse um grão de loucura, Casanova teria arranhado violino numa pequena orquestra veneziana ou sido um modesto membro do baixo clero, Cagliostro teria sido barbeiro em Palermo e Cartouche tanoeiro em Belleville. E faltaria algo aos faustos do século XVIII...

Ora, estes três homens marcaram de tal modo o seu tempo que os tenebrosos meandros das suas vidas, por vezes próximas, ensombraram os sonhos ou pesadelos dos seus contemporâneos, as imaginações dos descendentes desses contemporâneos e continuaram durante muito tempo a despertar as

Senhores da Noite

curiosidades. Bem mais, certamente, do que muitos dos destinos reais.

A similitude da inicial também os aproxima. Precedidos desse delgado crescente que é a terceira letra do alfabeto, representam o astro triplo e sombrio que brilha no fundo das noites, que, para eles, constituíam uma viagem, uma aventura e um recomeço...

A morte, por reclusão, isolamento e cadafalso, foi também cruel para eles, mas, em contrapartida, e como «o reino da noite não tem duração nem espaço...», as suas sombras adquiriram as vastas dimensões do sonho e da lenda.

Resta saber o que deles diz a História!

O Sedutor

∞

CASANOVA

I

As primícias de um sedutor

Naquela fria manhã de Outubro de 1733, uma estreita gôndola negra deslizava sobre a laguna em direcção a Murano. Apenas dois passageiros a ocupavam, apertados um contra o outro no duplo assento do meio: uma mulher já idosa, vestida como uma rica burguesa com belos veludos cor de ameixa, e um rapazinho de oito ou nove anos, que se agarrava à saia da mulher, tapando continuamente o rosto magro com um lenço manchado de sangue. Era visível que esta viagem para além dos muros familiares de Veneza o aterrorizava, e, de quando em vez, a mulher debruçava-se sobre o rapaz para o tranquilizar.

– Não tenhas medo, Giacomo *mio*! Sobretudo, não tenhas medo! Vais ficar curado. Tenho a certeza.

A embarcação chegou finalmente à ilha de Murano, que se encontrava envolta numa bruma formada pelos fumos cinzentos dos fornos dos sopradores de vidro, e acostou perto da elegante abside romana da Igreja de Santa Maria e Donato.

– Esperem por nós! – ordenou a dama aos dois gondoleiros. – E não vão embebedar-se para a taberna. Podemos demorar!

Levando consigo a criança, enfiou pela única rua da aldeia, que percorreu de um extremo ao outro até chegar a um casebre em mau estado, o mais miserável de todos certamente, a cuja porta bateu de maneira peculiar.

Uma velha, escoltada por um batalhão de gatos pretos, veio abrir. Estava tão suja e andrajosa que parecia um monte de lama, mas, em todo aquele grisalho imundo, os seus olhos, tão negros quanto os gatos, brilhavam como carvão incandescente. Olhava, alternadamente, para a dama e para a criança.

— Sois a *signora* Farusi? — ciciou ela.

— Sim. Esta é a criança de que vos falaram.

— Entrai.

O interior da casa assemelhava-se à dona: um autêntico chiqueiro, atulhado de lixo, fedendo a urina de gato e cujo móvel principal era uma espécie de grande prateleira pejada de frascos, boiões e garrafas de todas as formas e feitios. Quando a velha chamou a si a criança, esta, com um gemido aterrorizado, agarrou-se com mais força do que nunca à avó, enquanto um novo fio de sangue lhe começava a escorrer do pequeno nariz. A mulher encolheu os ombros.

— Nem é preciso examiná-lo — disse. — Já sei o que é.

— Quer dizer que nada podeis fazer por ele? Custa-lhe falar, está sempre doente, queixoso, e o seu nariz sangra à mínima comoção.

— Estou a ver. Podemos tentar qualquer coisa, mas é preciso que o convenceis a entrar nesta caixa — disse-lhe, puxando para a frente da lareira e abrindo a tampa a uma espécie de caixa vazia.

Com um vigor que não se esperaria dela, a *signora* Farusi agarrou na criança, que começara a chorar, colocou-a na caixa e, apesar da gritaria, fechou a tampa sobre o miúdo.

Encontrando-se no escuro, o pequeno Giacomo, mais morto que vivo, parou de gritar e fez-se tão pequeno quanto

As primícias de um sedutor

pôde, sem saber que inimigo viria visitá-lo à sua prisão. Mas nada veio, a não ser um medonho alarido de cantos, gritos, miadelas, passos de dança, ritmos de tambor, choros e até risos, tudo tão demoníaco que o rapaz tentou fervorosamente lembrar-se de alguma oração. Por certo, tinham-no posto no inferno! Mas aqueles barulhos eram de tal modo variados que acabou por dar-lhes atenção, esquecendo um pouco o medo. Parecia uma festa numa casa de loucos...

Quando a tampa foi finalmente aberta, verificou que a feiticeira, que antes estava cinzenta, adquirira um tom avermelhado e suava abundantemente, enquanto as belas cores da avó se tinham transformado num amarelo esverdeado. Quase não se sustinha de pé e cheirava nervosamente um frasco de sais. No entanto, a feiticeira lançou um grito de triunfo.

— Veja! Já não sangra!... Estamos no bom caminho.

Agarrou no rapaz e deitou-o numa cama, que rodeou de vasos cheios de brasas, sobre as quais lançou ervas e grãos que depressa envolveram o quarto com um fumo agradável.

— Respira — ordenou-lhe. — Respira fundo!

Em seguida, foi buscar à prateleira um pote de bela faiança branco e verde e retirou uma pomada espessa com a qual esfregou delicadamente as têmporas e a nuca do seu paciente, antes de pôr algumas onças dessa pomada num pote mais pequeno, que ofereceu à *signora* Farusi.

— Fazei todas as noites aquilo que eu fiz, até esvaziar o pote. O seu espírito despertará...

Mas, entretanto, a criança caíra num sono profundo e foi preciso chamar um dos gondoleiros para a levar até à embarcação.

Só acordou no dia seguinte, no seu pequeno quarto perto do canal San Samuele, com a impressão de ter tido um pesadelo.

Contudo, tornara-se muito diferente do que até então havia sido e, considerando essa manhã o dia do seu verdadeiro nascimento, Giacomo Casanova escreveria mais tarde:

«Fui um imbecil até aos oito anos e meio...»

A imbecilidade, porém, não era defeito corrente na família, pois sabiam desembaraçar-se muito bem. Os seus pais, Gaetano Casanova e Zanetta Farusi, formavam um daqueles encantadores pares de actores italianos despreocupados e boémios, mas marcados pelo espírito, pela música e pela alegria de viver.

Gaetano nasceu em Parma e, aos 20 anos, apaixonou-se por uma actriz de idade madura, a Fragoletta [1], que fora representar no teatro da sua cidade. A dama, embora já não muito jovem, tinha atributos bastantes para lhe fazer perder a cabeça, e Gaetano, perdidamente apaixonado, acompanhou a amante quando esta deixou Parma em direcção a Veneza, onde iria actuar no Teatro de San Samuele.

Em Veneza, o romance não durou muito. Com um pequeno papel ao lado da Fragoletta, Gaetano pôde dedicar-se ao jogo das comparações, o que não beneficiava grandemente a dama. Veneza estava cheia de raparigas lindas, qual delas a mais jovem e mais deslumbrante. Entre elas, a adorável filha do sapateiro Farusi, cujo estabelecimento era vizinho do teatro e onde rainhas, imperatrizes e bailarinas iam mandar consertar os seus coturnos e escarpins.

Zanetta tinha dezasseis anos e Gaetano era um rapaz muito bonito. Apaixonaram-se loucamente e, para escaparem tanto à exaltação ciumenta da Fragoletta como à fúria do pai Farusi, que pretendia entregar a filha a um homem sério, os dois amantes resolveram fugir para se casarem fora da cidade.

---

[1] A moranguinho.

As primícias de um sedutor

Quando regressaram, alguns meses depois, ainda muito apaixonados mas quase sem dinheiro, Zanetta estava grávida, circunstância que levou os Farusi a perdoarem a filha, numa daquelas cenas muitos comoventes típicas em Itália.

O *bambino* esperado, que se chamaria Giacomo, nasceu a 2 de Abril de 1725. Para a mãe, este nascimento marcou uma espécie de libertação, pois, assim que recuperou a linha, Zanetta, também ela atraída pelo demónio do teatro, lançou-se para os palcos na companhia do marido, deixando a criança à guarda da avó.

O casal teve sucesso e continuou a viver a grande ritmo. Em Londres, Zanetta teve um segundo filho e depois mais quatro. Ficou viúva, foi para a Alemanha, onde obteve grandes êxitos em Dresda, tanto no teatro como junto do Eleitor, e, por fim, fixou-se nesta bela cidade nova, após ter oferecido à sua mãe a casa da rua della Commedia, onde esta criava Giacomo o melhor que podia, dada a saúde débil da criança.

Nos dias que se seguiram, a *signora* Farusi congratulou-se com a ida a Murano, pois, assim que deixou a feiticeira, Giacomo fez progressos espantosos. A sua avó dera-lhe como preceptor um poeta de renome chamado Baffo. Quis o destino que este fosse um poeta licencioso, cujas obras, de rara obscenidade, não podiam realmente ser postas nas mãos de qualquer um. Se, graças a ele, Giacomo aprendeu a ler e a escrever, aprendeu também os rudimentos de ciências mais estranhas, e quando chegou a altura de fazer as suas «humanidades» na universidade de Pádua, adquiriu aí um gosto pronunciado pela magia, pelas ciências ocultas, pelo jogo, pelo vinho... e pelas mulheres. Estas inspiravam-lhe também um misto de medo e desejo.

Em Pádua, hospedou-se em casa do abade Gozzi, homem simples e de boa companhia, que tinha uma irmã chamada Bettina, suficientemente atraente para ocupar as noites de um estudante. E como o estudante em causa era agora um belo rapaz moreno, já bem constituído, com olhos negros muito vivos, grande nariz arrogante e uma boca mais feita para o riso do que para a recitação do terço, Bettina apaixonou-se quase ao mesmo tempo que Giacomo. Bettina teve o prazer de ser a sua iniciadora, e o reconfortante tecto do abade abrigava-os das noites mais frias.

Contudo, enquanto se iniciava no amor — e com que ardor! —, Giacomo não negligenciava os estudos. Muito bom em Latim, granjeou com rapidez notável o título de doutor em Direito. Diplomado, despediu-se do abade Gozzi, beijou pela última vez uma desolada Bettina e subiu alegremente para a barca que o levaria à sua querida Veneza, onde, em sua opinião, o esperavam todo o tipo de coisas boas; a começar, naturalmente, pela glória e fortuna.

Mas a avó Farusi, que o esperava no cais, tinha ideias muito pessoais sobre o futuro do neto.

— Agora que te formaste — disse-lhe ela —, deves tornar-te abade. Com a tua figura e o teu saber, irás longe. Um dia, talvez venhas a ser cardeal!

— Mas eu não tenho qualquer vontade de entrar nas ordens! Deve haver mais qualquer coisa para fazer, para um rapaz, do que dizer a missa.

— É a melhor maneira de ser livre. Um padre pode fazer quase tudo o que quiser. Além do mais, não és rico.

Pouco convencido, Giacomo deixou-se ainda assim levar a casa do pároco de San Samuele, que, evidentemente, lhe declarou que a vocação se lhe via nos olhos. Num instante, viu-se tonsurado e provido das ordens menores, graças às quais ingressou em San Samuele como assistente do homem que pretendia tê-lo descoberto.

Giacomo, na verdade, era um diácono curioso. Durante as cerimónias, nas quais participava de forma bastante distraída,

As primícias de um sedutor

ficava de pé junto ao altar, que ele dominava da sua elevada estatura – com efeito, media cerca de 1,86 m –, devorando com o seu olhar cintilante a multidão de mulheres e raparigas ajoelhadas, que, por baixo das rendas das suas toucas, fitavam com admiração o belo diácono.

Uma viúva, a *signora* Orio, que costumava receber convidados, atraiu-o a sua casa com a intenção mal disfarçada de o tornar seu cavaleiro servidor. Era ainda viçosa, com uma pele sem rugas e bem esticada sobre boas carnes. Giacomo não se fez rogado para lhe dar algumas lições privadas de preparação para a confissão, o que lhe valeu sentar-se de manhã e à noite na mesa da *signora*.

Era, aliás, uma mesa muito agradável, pois duas outras filhas de Eva se sentavam aí ao mesmo tempo: as duas sobrinhas da sua anfitriã, Marton e Nanette. Ambas tão bonitas quanto desejáveis, e de coração não menos sensível do que o da tia.

Giacomo depressa se apercebeu de que, no capítulo do temperamento, as duas jovens em nada ficavam atrás da *signora* e, deste modo, as noites do estranho diácono transformaram-se docemente em bacanais repetidos: entrava pela janela que dava para o canal dos Santos Apóstolos, começava por encontrar-se com a senhora da casa, com um notável respeito pela hierarquia, oferecia-lhe as suas ardentes homenagens e depois passava para uma das raparigas... quando não era para as duas ao mesmo tempo.

A este ritmo, não há dúvida de que depressa arruinaria a saúde que lhe fora dada pela feiticeira de Murano. Quando as três mulheres ficaram grávidas na mesma altura, teve de pensar em mudar de vida, pelo menos durante algum tempo, se não quisesse ver as suas proezas expostas na praça pública.

Entregue a si mesmo, Giacomo aproveitou a ocasião para se enamorar, desta feita por sua própria conta.

Senhores da Noite

Ela morava perto do rapaz, chamava-se Tereza Imer e estudava afincadamente canto e dança a fim de entrar tão rapidamente quanto possível no teatro. Era uma morena lânguida, de olhos azuis claros e pele láctea, cuja beleza se desenvolvera de forma prematura, literalmente incubada pelo velho senador Malipiero, que se instituíra seu protector.

Tereza vivia sozinha com duas criadas e uma espécie de aia bigodada, prima direita vinda de Cerbère e que tinha a função de a vigiar. Não era possível abordá-la na rua ou na igreja, pois a aparência rude da dama era altamente desencorajadora, mas quando Giacomo desejava uma mulher era capaz de qualquer loucura para alcançar os seus fins.

Tendo ganho algum dinheiro ao jogo, pagou a um dos criados da jovem para que, certa noite, deixasse entreaberta uma janela da casa. À meia-noite, deixando a sua gôndola amarrada à dita janela, Giacomo começou a escalada, introduziu-se silenciosamente na casa da jovem e dirigiu-se ao quarto, cujo caminho já lhe tinha sido explicado.

Tereza dormia profundamente e Giacomo não queria acordá-la. Tão tranquilo como se estivesse em sua casa, despiu-se e deitou-se na cama ao lado da jovem, que, ao acordar em sobressalto, se viu nos braços de um homem nu cuja boca hábil não a deixava soltar o mínimo grito.

Devidamente violada, mas, no fundo, nada descontente, a bela Tereza apreciou tanto este exercício que o jovem Casanova foi autorizado a voltar na noite seguinte.

— Malipiero só virá daqui a três dias — confiou-lhe ela. — Foi para a sua propriedade no continente...

Mas, duas noites depois, quando os amantes se encontravam na mais escaldante folia, o senador, chegado de surpresa, apareceu bruscamente no quarto celestial, que logo se encheu de nuvens tempestuosas.

As primícias de um sedutor

No minuto seguinte, o imprudente Giacomo, forçado a manter-se de joelhos por dois fortes lacaios, recebia, como um criado indelicado, a mais humilhante das bastonadas, enquanto que Tereza, escondida nos lençóis, soluçava perdidamente e, para salvar a sua situação, contava descaradamente ao seu protector que tinha sido violada.

Uma hora depois, Giacomo, recomposto e escoltado por dois polícias, dava entrada no Forte de Santo André, lugar de Veneza para onde se enviavam os jovens demasiado expeditos ou audaciosos. A noite, que começara de modo tão agradável, acabava na palha seca de uma humilde masmorra.

Foi aqui que a mãe o encontrou. Alertada pela avó Farusi, que temia que enforcassem o querido neto, Zanetta Casanova deixara Dresda para ir em socorro do filho mais velho, por quem tinha, aliás, um pequeno fraco, pois era o filho do seu primeiro amor.

— Posso tirar-te daqui, criança desgraçada — disse-lhe ela —, mas com uma condição: deixarás Veneza imediatamente.

— Mas vou para onde?

— Para Martirano, na Calábria. Por minha influência, consegui que um amigo monge fosse aí nomeado bispo. Irás ter com ele, pois, apesar de tudo, és da Igreja. Deste modo, pelo menos, serás esquecido.

— Mas não posso ir para outro lado? — lamentou-se Giacomo. — A Calábria? Isso é no fim do mundo.

— Pelo menos, não é tão longe como o outro mundo. E é esse que te espera se não aceitares!

— Está bem, vou para a Calábria. Mas vou aborrecer-me terrivelmente...

Alguns dias depois, o penitente deixava a contragosto o Forte de Santo André e, sob os hábitos eclesiásticos em que fora enfiado quase à força, embarcava, de lágrimas nos olhos, em direcção à sua diocese do fim do mundo.

Senhores da Noite

O tempo estava maravilhoso. Nunca Veneza estivera tão bela. Giacomo tinha dezassete anos, estava apaixonado e enviavam-no para um deserto.

II

Os três velhos de Veneza

O jovem que, um ano depois, pisou o cais dos Esclavónios, desembarcando de uma galera ancorada na lagoa, parecia-se muito pouco com o pequeno padre inquieto e furtivo, acabado de sair do Forte de Santo André e que, de lágrimas nos olhos, embarcara em direcção a uma diocese perdida na Calábria.

Muito seguro, o recém-chegado envergava um uniforme de cavaleiro espanhol que lhe assentava bem: fato branco, jaqueta azul, ombreira e dragona dourada e prateada, e um elegante chapéu tricorne. As botas do jovem brilhavam como pequenos sóis e a sua elevada estatura realçava a beleza de um rosto tão bronzeado quanto marcial.

O seu regresso à Rua della Commedia adquiriu contornos de triunfo. Sem perceber bem por que estranha alquimia o seu neto, que partira sacerdote, voltava soldado espanhol, a avó Farusi pôs-se em bicos de pés para soluçar sobre o seu peito e abraçou-o fortemente, chamando-lhe o seu pequeno Giacomo, enquanto que Francesco, o irmão mais novo, chamava os vizinhos convidando-os para irem contemplar a maravilha. Foram todos, naturalmente, sobretudo as raparigas, e a casa Farusi encheu-se, como um aviário, de criaturas ruidosas que riam um pouco alto de mais enquanto lançavam olhadelas enamoradas ao belo cavaleiro. Mas, estranhamente, Casanova parecia não estar à vontade e respondia aos olhares com um sorriso forçado, o que acabou por intrigar o irmão.

— Que se passa, Giacomo? Já não gostas de raparigas?

— Claro que sim! Só que, para já, é melhor evitá-las um pouco. Não estou... muito bem. Diz-me, aquela mulher de Murano que tão bem me tratou quando eu era miúdo...

— A Serafina?

— Sim, essa. Ainda é viva?

— Acho que sim. Precisas dela?

— Urgentemente! Podes levar-me lá amanhã?

— Combinado. Mas conta-me as tuas aventuras. Que te aconteceu desde há um ano para mudares tanto? Tornaste-te soldado, fizeste fortuna?

— Não fiz fortuna nenhuma. Quando ao facto de ser soldado, não sou, nem nunca fui. Só que este uniforme é a única roupa que me resta. E, se queres saber, já não tenho um vintém!

À noite, enquanto a avó Farusi dormia o sono da inocência na alegria de ter reencontrado o seu Giacomo mais belo que nunca, Casanova contou as suas aventuras ao irmão.

A viagem para a Calábria foi menos demorada do que imaginara. A mãe dera-lhe cinquenta cequins para o caminho, e Casanova jogou-os, perdeu-os, recuperou-os e voltou a perdê-los, jogou e perdeu a batina e, finalmente, foi salvo por um monge mendicante que por ali passava e que se condoeu daquele pobre rapaz seminu que caminhava pelas estradas poeirentas. Deu-lhe um traje de monge e foi nesta figura altamente edificante que o novo assistente do bispo fez a sua entrada em Martirano.

Os três velhos de Veneza

O bispo era um bom homem, e como devia a sua posição aos conhecimentos de Zanetta Casanova, recebeu de braços abertos o seu filho mais velho.

Era evidente que a diocese nada tinha de aprazível: uma imensidão despida, pontuada por algumas aldeias miseráveis, uma espécie de deserto do fim do mundo no qual Casanova não tinha qualquer vontade de enterrar a sua bela juventude. Delicadamente, propôs ao santo homem que abandonasse esta terra esquecida de Deus e partisse consigo em busca de fortuna pelo mundo. Mas o bispo, sendo realmente um santo homem, achava que tinha de beber o cálice da amargura.

– Meu filho, admito que Martirano não seja lugar para vós, mas eu, que sou velho, sinto-me aqui muito bem. Quereis ir a Roma?

– A Roma?

– Sim. O cardeal Acquaviva pretende honrar-me com a sua amizade. Poderíeis fazer carreira junto dele; dar-vos-ei uma carta de recomendação. E é tudo o que vos poderei dar, visto que estou longe de ser rico...

Rebuscando no fundo da bolsa, o bom bispo encontrou ainda assim alguns vinténs para lhe dar, e Casanova, muito aliviado, encaminhou-se alegremente para a Cidade Eterna. A ideia de ficar na Igreja não lhe era nada sedutora, pois aborrecer-se-ia de morte. Mas Roma era muito diferente de Martirano.

Logo que chegou, esforçou-se por prová-lo a si próprio. Ainda não estava há oito dias ao serviço do cardeal e já seduzira uma bela patrícia, Lucrezia Monti, que lhe caiu docilmente nos braços, mas que se fez muito mais difícil quando teve de dar lugar à sua mais bela camareira.

À camareira sucedeu uma actriz, à actriz uma bailarina, a esta sucedeu... uma freira, façanha que convenceu o cardeal Acquaviva de que talvez a casa de um homem de Deus não fosse o lugar ideal para o seu secretário. Por respeito ao bispo de Martirano, não queria expulsar o seu protegido, mas, ainda assim, deu a compreender ao jovem estroina que Roma se tornara uma cidade perigosa para ele: uma freira, era grave. Arriscava-se ao cadafalso.

— Deveríeis deixar a Itália durante algum tempo — disse-lhe o cardeal. — Para onde quereis ir?

— Para Constantinopla! — disparou Casanova, como teria dito para o inferno.

Se a sua impetuosidade perturbou o cardeal, este esforçou-se por não o mostrar. Queria era livrar-se o mais depressa possível deste garoto perverso.

Justamente, Acquaviva tinha um amigo em Constantinopla, um certo Osman-Paxá, personagem muito colorida, cuja amizade com um prelado romano não se poderia explicar se não se soubesse que, antes de entrar ao serviço da Sublime Porta, Osman-Paxá fora francês e chamara-se marquês de Bonneval. Era também um homem que tinha o talento de se zangar com toda a gente.

Começara por se incompatibilizar com o seu rei e entrara ao serviço da Áustria, sob as ordens do príncipe Eugénio... com quem depressa discutiu, decidindo ir para a Bósnia e depois para Constantinopla, onde prestou serviços importantes... sem transformar o sultão num inimigo mortal. Foi para este homem que o cardeal enviou Casanova... recomendando-lhe, porém, que trocasse a batina por um traje que desse menos nas vistas e que fosse menos comprometedor em terras do Islão.

E foi assim que, ao atravessar Bolonha, cidade neutra onde se cruzavam as tropas austríacas e espanholas, o nosso aventureiro escolheu este último exército, porque o uniforme lhe agradava mais do que o da Áustria.

Bonneval-Paxá acolheu com prazer este jovem amável, hospedou-o em sua casa e mostrou-lhe a sua «biblioteca», uma série de armários gradeados que continham apenas uma colecção fabulosa de garrafas.

— Estou velho — disse-lhe ele. — As mulheres encurtam-me a vida, ao passo que o vinho bom a conserva.

Mas como o seu jovem hóspede não tinha qualquer razão para praticar a abstinência, o anfitrião deu-lhe a conhecer numerosas raparigas bonitas, com as quais o jovem veneziano manteve relações muito agradáveis... e proibidas. Como as mais belas huris eram geralmente as mais bem guardadas, Casanova não tardou a arranjar problemas muito sérios com alguns guardiães vigorosos e proprietários de haréns... E foi então obrigado a voltar ao mar, para não ir parar ao fundo do Bósforo, dentro de um saco de couro com um peso nos pés.

Aportou em Corfu, após breve estadia em Zante, onde uma bela cortesã, Mellula, o recebeu em casa e na cama, mas que, infelizmente, o presenteou com uma doença incómoda para qualquer homem normal e, sobretudo, para um sedutor. Como esta maleita o impedia de se tornar amante da rapariga mais bela de Corfu, que era também amante do governador, o nosso sedutor, lesado e completamente desgostoso, resolveu que era altura de regressar a Veneza, onde, pelo menos, a casa da rua della Commedia, e os que nela viviam, o abrigaria durante algum tempo da falta de dinheiro e lhe permitiria não morrer à fome.

— Que vais fazer agora? — perguntou Francesco quando o irmão concluiu o seu longo relato. — Vais voltar a partir?

— És louco! Vou ver se a Serafina me pode tratar, e depois tentarei arranjar qualquer coisa para fazer que me dê algum dinheiro. Em Veneza, é sempre possível!

A Serafina não perdera a habilidade, nem a sua casa a sujidade. Restabelecido, Casanova lembrou-se que, em Pádua, o bom abade Gozzi lhe ensinara a tocar violino. Munido deste talento reencontrado, conseguiu trabalho no Teatro San Samuele, onde o director o recebeu como um filho, por memória da sua mãe, Zanetta, e da Fragoletta, que fora amiga do seu pai. Com este trabalho, ganhava um escudo por dia.

Não era uma fortuna, mas Casanova usava este dinheiro o melhor que podia para levar, com o irmão e após os espectáculos, uma intensa vida nocturna nas tabernas e salas de jogo. A magia também o interessava cada vez mais, bem como a alquimia. Dedicara-se um pouco a esta arte em Constantinopla e, tendo-se tornado amigo da Serafina, fez-lhe algumas visitas que lhe serviram para aprender alguns dos seus segredos.

Isto permitir-lhe-ia deixar finalmente a vida miserável para subir alegremente os primeiros degraus da fortuna.

Certa noite, quando saía, violino debaixo do braço, do palácio Foscari onde fizera parte da orquestra de um baile de casamento, viu um dos convidados a descer a escadaria do palácio em passo pouco seguro e, chegado perto da sua gôndola, caiu ao comprido no barco.

Casanova precipita-se, agarra o homem pelos braços e apercebe-se de que se trata de um velho que está a sufocar; a boca torcida deixava escapar um fio de saliva.

– Ajudem-me! – grita ele aos criados assustados. – O vosso amo teve um ataque de apoplexia. Temos de levá-lo para casa.

E instalando-se autoritariamente na rica gôndola, segura a cabeça do doente entre os seus joelhos.

– Levemo-lo para casa! – ordena ele. – Onde é que mora?

– No palácio Bragadino. É o senador.

– Então, para o palácio Bragadino. E depressa!

Momentos depois, ele próprio carregava o idoso inconsciente até à cama, mandou chamar o médico e instalou-se à cabeceira deste doente, que, decididamente, lhe parecia cada vez mais interessante.

O médico chegou, colocou um emplasto com mercúrio sobre o peito do senador, que entretanto recobrara os sentidos, e foi-se embora, garantindo que ele ficaria bem dali a momentos. Mas não, muito pelo contrário: o velho, que agarrara fortemente a mão do seu generoso enfermeiro, parecia estar cada vez pior.

– Estou a sufocar – agonizou. – Sufoco! Tu, que me ajudaste tão caridosamente, não podes fazer nada por mim?

Casanova não hesitou um instante. Aquele cataplasma não servia de nada. O mercúrio apenas fazia mais peso sobre um peito oprimido. Retirou-o, mandou buscar azeite para fazer umas unções ligeiras e, lembrando-se de uma das preparações da Serafina, ordenou que trouxessem uma tisana, que ele próprio deu a beber ao senador.

O efeito foi mágico. Aliviado, Bragadino abraçou Casanova, chamou-lhe filho e pôs na rua o médico quando este veio verificar o efeito da sua medicação.

– Este jovem violinista sabe mais disto do que todos os médicos da cidade – disse-lhe. – Vai ficar comigo.

Esta afeição súbita transformou-se depois em delírio quando o jovem disse ao seu protector que era muito versado em magia e ciência cabalística.

– Conheço – confiou-lhe – um cálculo numérico pelo qual, mediante uma questão que escrevo e transformo em números, obtenho igualmente em números uma resposta a tudo o que quiser saber. É uma ciência que aprendi com um eremita.

Imediatamente, Bragadino voltou a abraçar Casanova, declarou que o adoptaria e o apresentaria aos seus dois amigos mais íntimos, os senadores Dandolo e Barbaro, também eles interessados em magia. E foi então que os três, de comum acordo, resolveram prover o sustento daquele rapaz tão maravilhoso.

Senhores da Noite

– Se quiseres ser meu filho – disse-lhe Bragadino –, só tens de me reconhecer como pai. O teu apartamento está pronto. Traz as tuas coisas. Terás um criado, uma gôndola e dez cequins por mês para te divertires.

Era a vida palaciana!

Giacomo não perdeu um instante a lançar-se no meio da juventude dourada veneziana. Era vê-lo, vestido como um nobre, envergando a grande capa negra, o *tabarro* (*), a máscara branca com perfil de pássaro e o tricórnio emplumado, nas casas de jogo mais conhecidas e na companhia das cortesãs mais famosas. Dançava noites inteiras, bebia como uma esponja, comia na mesma proporção, sem que estes ágapes o fizessem engordar um centímetro.

Infelizmente, frequentava também, e de modo muito assíduo, os cabalistas que se escondiam um pouco por todo o lado em Veneza, assistia a sessões de magia negra e dedicava-se à necromancia. Ao mesmo tempo, obviamente, coleccionava conquistas, mudava de amante mais depressa do que de camisa.

Em Veneza, não era bom alguém dedicar-se às magias ocultas. A boca do leão de pedra que servia de caixa para as denúncias anónimas destinadas ao Conselho dos Dez recebeu alguns papéis maledicentes, provavelmente aí deixados por belas abandonadas. A intimidante polícia secreta deste tribunal igualmente secreto começou a fazer diligências, mas, felizmente para Casanova, o senador Bragadino tinha grande influência e boas relações. Soube do que se preparava e, transtornado, avisou o seu filho adoptivo.

(*) Casaco largo usado pelos nobres venezianos (*N.T.*).

Os três velhos de Veneza

— Tens de te ir embora, Giacomo! Esta noite mesmo, a minha gôndola levar-te-á a terra firme. O coração parte-se-me por me separar de ti, mas é melhor ires, pois a tua vida corre perigo.

De facto, Casanova queria partir. A paixão pelas viagens estava longe de se ter esgotado; além disso, generoso como um autêntico pai, Bragadino dera-lhe uma bolsa bem recheada «para a viagem» e mais uma ou duas letras de câmbio. Mas para ir aonde?

Foi um dos seus mais velhos amigos, Antonio Baletti, quem encontrou a solução. Neto de Fragoletta, Antonio era filho de Silvia Baletti, cantora então muito em voga no Teatro Italiano de Paris.

— Vamos para França! — propôs ele. — A minha mãe diz que é um país maravilhoso. Ela acolher-nos-á.

A ideia era boa. Casanova resolveu aceitá-la e nisso foi acompanhado por Antonio, que embarcou também na gôndola. Esta levou-os até terra firme, onde uma falua, fretada por Bragadino, os esperava para os transportar para fora do território de Veneza.

Alguns dias depois, desembarcaram em Pesaro, pequeno porto do Adriático onde já nada havia a temer do Conselho dos Dez. Os dois amigos arranjaram cavalos e resolveram atravessar a Itália de modo tão agradável quanto possível, em direcção à fronteira francesa... Mas Casanova, por seu lado, não estava com muita pressa, pois, certa noite, ao chegar à melhor estalagem da pequena cidade de Cesena, reparou num estranho par composto por um velho oficial húngaro, visivelmente muito rico, e um belo jovem moreno a quem o idoso chamava Henrique, um belo jovem de pernas deslumbrantes, com o mais bonito rosto do mundo e um corpo de curiosa constituição para o de um rapaz.

33

Senhores da Noite

Casanova gostava de mistérios. Além disso, nada o apressava. Decidiu permanecer algum tempo em Cesena, nem que fosse para descobrir o que haveria por baixo das justas roupas de veludo do jovem Henrique.

III
A bela Marselhesa

A nova e elegante Estalagem do Leão de Ouro, em Cesena(²), erguia-se sobre a Piazza del Popolo. Bem cuidada e equipada, provida de uma cozinha excelente e de quartos confortáveis, atraía todos os visitantes distintos. O nobre húngaro e o seu jovem companheiro, que tanto tinham chamado a atenção de Casanova, ocupavam dois belos quartos no primeiro piso e pareciam não ter qualquer pressa em abandonar tão agradável residência. A Giacomo e ao amigo Antonio Baletti atribuíram um quarto vizinho ao do jovem «Henrique», o que, aliás, não foi do total agrado de Antonio.
— A cidade é bonita, a estalagem perfeita... e aquele jovem é demasiado belo para um rapaz, admito. Mas será isso razão para nos demorarmos? Pensava que estavas com pressa de chegar a França...
— Digamos que estou com um pouco menos de pressa. Tenho a certeza de que aquele rapaz é uma mulher, e uma

---
(²) Pequena cidade do Adriático. A estalagem ainda existe.

mulher demasiado sedutora para se contentar com um velhote como o Húngaro. Quero saber o que anda a fazer com ele.
— Que queres que ela faça? Deve ser filha dele...
— Ou és burro ou surdo. Ela é francesa, vê-se logo, e ele um húngaro de gema. O velho não fala nenhuma língua conhecida... a não ser o latim. Mas, se estás com pressa, podes prosseguir viagem. Depois vou ter contigo...
— Se daqui a três dias não recuperares o bom senso, é o que farei — resmungou Antonio.

Três dias depois, naturalmente, partiu sozinho, deixando Casanova entregue aos prazeres de um verdadeiro assédio, que, aliás, não se anunciava muito fácil. O Húngaro e Henrique mostravam uma relutância surpreendente em travar conhecimentos. Quando muito, durante as refeições, o Veneziano conseguia trocar com eles algumas palavras latinas ou francesas entre uma fatia de pão ou um prato de *spaghetti*.

No entanto, pelo modo como o falso rapaz — Giacomo estava cada vez mais convicto da sua autêntica feminilidade — o olhava por vezes às escondidas, enquanto o Húngaro engolia prodigiosas quantidades de comida ou esvaziava grandes jarros de vinho, chegou a pensar que não seria totalmente indiferente àquela encantadora e um pouco irritante personagem tão agradavelmente andrógina.

Sendo seu vizinho de quarto, não lhe foi difícil assegurar-se de que não existia qualquer relação íntima entre «Henrique» e o Húngaro. Este, depois de se deitar, ressonava de tal maneira que a casa tremia, e nunca entrava no quarto do seu «secretário».

Certa noite, portanto, habituado — como qualquer bom Veneziano que ainda não padeça de gota — a usar escadas de corda e a escalar janelas com ou sem varanda, Casanova passou muito tranquilamente da sua janela para a do seu misterioso vizinho, quando, terminado o jantar, estava certo de que Henrique já voltara ao quarto.

A bela Marselhesa

A Piazza del Popolo encontrava-se deserta, a noite estava escura e o nosso galanteador, agarrado à balaustrada, não corria o risco de ser visto por algum transeunte mais atrasado. Começou por dar graças ao deus do amor ao verificar que a janela em causa não estava trancada, mas apenas encostada. É verdade que os reposteiros estavam fechados, mas Giacomo não teve qualquer dificuldade em abri-los muito ligeiramente. O suficiente para descobrir um espectáculo que o encantou... e quase o fez estatelar-se na praça: de pé, frente ao espelho, «Henrique» estava justamente ocupado a despir-se.

O fato de veludo estava já no chão e «Henrique» despia o comprido colete de reflexos vermelhos que usava por baixo, deixando-o cair junto ao fato. Vestido apenas de camisa e ceroulas, sentou-se para tirar as meias e os sapatos, ergueu-se, despiu as ceroulas, abriu os folhos e a camisa, e retirou uma espécie de faixa larga que usava por debaixo e que lhe comprimia o peito, libertando assim... dois seios bem desenvoltos. Depois de despida a camisa com um gesto digno de um prestidigitador, Casanova pôde contemplar, maravilhado, o corpo mais feminino e mais deslumbrante que alguma vez vira.

«Henrique» devia partilhar também desta opinião, pois deteve-se longamente frente ao espelho, desfazendo a fita negra que lhe segurava cruelmente os cabelos à nuca. Libertos, tornaram-se sumptuosamente numa massa negra brilhante e sedosa na qual as suas mãos se puseram a remexer, de braços bem levantados.

A suave luz das velas fazia plena justiça a uma pele dourada, ajustava-se às formas perfeitas daquele corpo juvenil, e Casanova ardia como uma meda de palha. Transpondo o parapeito da janela, que ele empurrou bruscamente, foi cair aos pés do seu objecto de tentação, murmurando palavras incoerentes, mas cheias de paixão. Esperava um magistral par de bofetadas, um grito de horror, uma fuga desesperada para a alcova ou para o biombo; mas o que recebeu foi uma jovem, clara e alegre explosão de riso.

— Até que enfim! Há muito que vos esperava, meu amigo. Perguntava-me se algum dia decidiríeis sair dessa janela. Não acredito que vos sentísseis bem aí.

Casanova só teve de abrir os braços enquanto as ternas sombras do leito lhe vinham ao encontro...

Foi já no fim da noite que Henriette — pois era assim que se chamava — lhe contou a sua história.

— Sou da Provença — disse-lhe — e a minha família vive em Marselha, mas não me perguntes o nome, pois não te responderei. Basta que saibas que pertenço a uma das melhores famílias da cidade e que, há um ano, casaram-me por conveniência financeira com um homem suficientemente velho para ser não só meu pai, como também meu avô...

«Era um velho horroroso, cujo contacto me aterrorizou desde a primeira noite. No dia seguinte, incapaz de sofrer novamente aquele suplício, consegui, com o auxílio de uma fiel criada, adormecer o meu marido e, enquanto ele ressonava ao longo de uma grande noite de sono profundo, corri para o porto, onde assegurara a custo de ouro um lugar num navio mercante que estava de partida, um navio cujo capitão não era demasiado curioso, amava o ouro e não detestava as mulheres. Quando o dia nasceu, eu já estava ao largo...»

A viagem de Henriette terminou em Roma, onde encontrou refúgio em casa de uma prima casada com um nobre romano. Mas, em Marselha, a família não teve qualquer dificuldade em descobrir-lhe o rasto. A mãe, furiosa com um fuga que ameaçava descontentar um marido escolhido pela sua fortuna e generosidade, mandou-lhe na peugada o próprio marido e, uma bela manhã, o padrasto desembarcou em Roma.

A bela Marselhesa

Avisada, Henriette teve apenas tempo para escapar à polícia pontifícia, que fora lançada em sua perseguição: enquanto não se decidia a sua sorte, deviam encerrá-la num convento.
— Foi então — continuou — que conheci Ferencz. Extenuada e já sem recursos, procurei refúgio numa igreja. Foi aí que ele me encontrou. Compadeceu-se do meu rosto pálido e das minhas lágrimas, pôs-me no seu carro e levou-me para casa dele.

«Na verdade, a conversa entre nós não era nada fácil: não falo a língua dele, ele não fala a minha, e entendemo-nos, como já tiveste oportunidade de ver, com o latim; mas quando ele compreendeu que eu preferia morrer do que ser levada de volta para o meu marido, deu-me estas roupas de homem, pegou no carro e, nessa mesma noite, deixámos Roma e fomos para Nápoles.

«Desde então, viajamos ao sabor da sua fantasia. Ele é muito bom para mim, muito generoso... mas isso não evita que me aborreça de morte com ele...»
— Enquanto que eu — disse Giacomo, beijando a sua nova amante — sou muito mais divertido.
— Tu?... Tu és o homem que eu amo... aquele que amei logo à primeira vista. Sabia que podias fazer-me feliz. O meu instinto não me enganou. Ama-me! Ama-me tanto quanto puderes...

Não era convite que se fizesse duas vezes ao nosso sedutor, e pouco faltou para que o dia o surpreendesse nos braços de Henriette, tornando bastante difícil o regresso acrobático pela janela...

Mas é claro que a paixão que os dois jovens acabavam de descobrir um pelo outro já não podia satisfazer-se com uma vida escondida e algumas horas nocturnas passadas atrás das costas de Ferencz. De facto, Casanova não percebia por que razão Henriette e ele continuavam a preocupar-se com o

Senhores da Noite

Húngaro e com os grandes sentimentos paternais que este nutria pela jovem.

— Se queres saber realmente o que penso — disse-lhe ele após a terceira noite juntos —, não gosto nada de ver-te vestida de rapaz durante o dia. Vénus sempre me agradou infinitamente mais do que Ganimedes. Vem comigo. Fujamos!...

Quando se está apaixonado por um belo rapaz, o bom senso não abunda. Certa noite, Henriette deixa-se facilmente convencer a montar na garupa de um cavalo atrás do amante e a fugir com ele, deixando o pobre Ferencz nos seus estudos comparados das diferentes colheitas italianas e da macieza dos presuntos. E assim foram até Parma, Estado independente e suficientemente longe de Cesena para os fugitivos poderem ficar ao abrigo dos olhos severos e das grandes pistolas do Húngaro.

Parma era uma cidade agradável, bem construída e praticamente invadida pela obra de Correggio. Além disso, era uma cidade alegre, pois o infante Don Filipe de Espanha, que casara há alguns anos com a princesa Luísa Isabel, filha de Luís XV, fora investido recentemente no ducado de Parma e Guastalla, e instalara-se aqui com uma corte jovem e sumptuosa.

As festas sucediam-se e o sedutor casal formado por Giacomo e Henriette conheceu dias verdadeiramente encantadores nesta cidade. A jovem provençal desabrochava no amor. Estava mais bela que nunca e, além disso, como tinha um espírito vivo e bela cultura, era uma companhia adorável, junto da qual o impenitente sedutor começava a pensar viver longos e tranquilos anos.

Mas não se escapa ao destino. Estava decidido que Giacomo seria Casanova, e foi numa noite de festa que o dito destino veio bater à porta dos amantes.

A bela Marselhesa

Nessa noite, havia concerto no teatro de Parma; era um concerto de beneficência oferecido pelo director do teatro com a participação de alguns artistas de renome. Ora, no momento em que se esperava a entrada de um famoso quarteto de cordas, soube-se que o violoncelista acabara de ter um acidente. Era uma catástrofe!

Então, para grande surpresa de Giacomo, Henriette ofereceu tranquilamente os seus serviços.

— Sei tocar violoncelo e, na Provença, cheguei a ter algum renome.

— É o Céu que vos envia, Senhora! — exclamou o director. — Vamos fazer um ensaio de imediato, e se correr bem...

E correu. De tal modo que a jovem obteve enorme sucesso. Suas Altezas Reais dignaram-se aplaudi-la vigorosamente e insistiram para que os fosse cumprimentar. Mas...

O príncipe Filipe tinha então como favorito um fidalgo marselhês, senhor d'Anthoine, que, obviamente, assistiu ao concerto. E quando Henriette se ergueu da vénia, encontrou-se frente-a-frente com ele.

— Mas — disse o senhor d'Anthoine —, que diabo, a minha prima; não imaginava encontrar-vos aqui! Sabíeis que vos procuram por toda a parte?

— Por amor de Deus, meu primo — balbuciou a jovem, que mudara de cor —, por amor de Deus e de mim, calai-vos! Não dizei a ninguém que me haveis visto. Isso seria condenar-me ao convento e às maiores desgraças. Nunca voltarei para o senhor de S...

— O vosso marido? Mas, minha querida, há mais de seis meses que se finou. Agora sois viúva... e ainda por cima herdeira. Creio que teríeis todo o interesse em fazer as pazes com a vossa família e, se o desejardes, posso encarregar-me disso.

E assim foi. O senhor d'Anthoine, com muita diplomacia, tomou a seu cargo os interesses da bela prima e conseguiu-lhe o perdão dos pais, que chegou, certa noite, com uma bela soma em ouro; e deve dizer-se que a soma em questão foi muito bem-vinda, pois os dois amantes estavam já quase na falência.

Só que, como todas as moedas têm duas faces, a família de Henriette insistia vivamente para que ela voltasse para Marselha o mais depressa possível...

Para a jovem, a decisão foi demorada e dolorosa. Estava sinceramente ligada a Giacomo, mas, por outro lado, era suficientemente lúcida para perceber que, com um homem da sua têmpera, a vida em comum poderia vir a ser difícil. Além disso, a paixão não duraria certamente toda a vida. Voltar ao bom caminho significava tomar posse dos seus bens, recuperar o nome, o respeito, esquecer a aventura e projectar um futuro. Com Giacomo, este futuro seria mais do que incerto, visto que estava fora de questão introduzir o Veneziano no círculo austero da sua família.

– Temos de nos separar – disse ela, por fim. – Fomos maravilhosamente felizes juntos, mas tudo tem um fim, e não me sinto feita para a vida errante.

Giacomo baixou a cabeça, sofrendo o primeiro desgosto de amor da sua vida. A ideia de se separar de Henriette era-lhe insuportável, mas não queria ser um entrave ao seu destino.

«Fui feliz», escreveria ele mais tarde, «durante todo o tempo em que aquela adorável mulher foi feliz comigo. Amávamo-nos com toda a força das nossas faculdades...»

Combinara-se que um tio de Henriette iria buscá-la a Genebra, e os dois amantes seguiram juntos pelas margens do lago Léman.

Um quarto do Hotel des Balances abrigou-os para a última noite de amor, a mais triste, a mais apaixonada que alguma vez certamente viveram, uma noite passada em branco. A fadiga, porém, acabou por fechar os olhos de Giacomo,

A bela Marselhesa

mas, ao acordar, apercebeu-se de que já era dia, e que estava sozinho. No quarto, nada restava da passagem da bela provençal, exceptuando o vestígio do seu perfume e, num espelho, uma inscrição que ela gravara com o anel, um diamante que ele lhe oferecera.

«Esquecerás também Henriette...»

Encontrou ainda outra coisa: cinco rolos de ouro de cem luízes cada, afectuosa atenção de uma amante apaixonada e viático para uma viagem com destino ainda incerto.

Giacomo permaneceu alguns dias em Genebra, o tempo de receber da sua amada um breve e terno bilhete:

«Tentemos imaginar que vivemos um sonho, e não nos queixemos do nosso destino, pois nunca um delicioso sonho durou tanto tempo...»

Foi então que Casanova se lembrou de que o seu amigo Antonio Baletti o esperava em Lyon. Já nada tinha a fazer em Genebra; assim, reservou um lugar na mala-posta de Lyon, de onde poderia finalmente partir para a capital de França, levando no coração a esperança de que as belas de Paris talvez lhe pudessem fazer esquecer a adorável, mas demasiado sábia Henriette...

IV
O fornecedor do Parc-aux-Cerfs

A viagem fora longa. A carruagem rolava desde manhã e os viajantes, extenuados, tinham a impressão de que aquela etapa nunca mais acabaria. A aproximação de Paris agudizava a impaciência e fazia parecerem intermináveis os lugares que se sucediam. No entanto, o espectáculo desse dia de Outono, que terminava na floresta de Fontainebleau, tinha qualquer coisa de mágico. Os tons avermelhados das árvores contrastavam magnificamente com os rochedos cinzentos e reflectiam-se graciosamente nas águas calmas das lagoas. Após uma curva da estrada, a silhueta rosada do grande castelo real apareceu de repente, cercado por um espelho de água e imensos relvados, arrancando uma exclamação de surpresa aos dois Italianos.

— Acho que tens razão — disse Casanova, já consolado da sua ruptura helvética. — É muito bela, a França.

Achou-a ainda mais bela alguns minutos depois, quando uma elegante carruagem apareceu de repente, vinda em sentido contrário, e barrou tranquilamente o caminho da mala-posta. O cocheiro praguejou, furioso, mas já uma mulher ainda jovem, toda vestida de seda e muito bem penteada, saltava da carruagem e avançava para a mala-posta, lançando de passagem uma moeda de ouro ao cocheiro, que se acalmou imediatamente. Os passageiros, já receosos, pois os ataques eram bastante frequentes na floresta, debruçaram-se sobre as portinholas. Antonio soltou um grito de alegria.

— Mãe, é a minha mãe! Veio ao nosso encontro... Senhores — exclamou ele com um gesto largo abarcando os companheiros de viagem, que começavam a resmungar. — Senhores, permitam que vos apresente a grande Sylvia Baletti, a estrela do Teatro Italiano e...

— És sempre o mesmo tagarela, *Tonio mio* — disse a actriz. — Farias melhor em descer e vir beijar-me. Vim buscar-te...

Um instante depois, Antonio, arrastando Casanova, lançava-se nos braços de Sylvia, que beijou os dois da mesma forma calorosa. Mais uma moeda convenceu o cocheiro a descarregar as bagagens dos dois Venezianos; em seguida, enquanto a mala-posta retomava o caminho, Sylvia e os seus «filhos» entraram alegremente na carruagem da actriz e seguiram em direcção à melhor estalagem de Fontainebleau.

Enquanto que mãe e filho trocavam novidades sem fim, Casanova examinava Sylvia. Muito mais jovem, quase próxima dos cinquenta, do que na época equivalia à velhice, mas ainda bela: grandes olhos negros, cheios de vida, sob uma testa baixa, tez fresca, cabelos sem um fio branco e, além disso, uma silhueta de rapariga, na qual se destacava um peito muito apetitoso.

Sylvia conhecia suficientemente bem os homens para não sentir o efeito que produzira sobre o jovem amigo do filho. Todavia, ao cruzar-se com o olhar ardente de Giacomo, não evitou corar.

— Então, sois o tal Casanova, a quem Antonio diz que nenhuma rapariga ou mulher resiste?... Deveis ser, senhor, uma pessoa muito má.

O fornecedor do Parc-aux-Cerfs

— Será mau aquele que admira a beleza onde ela se encontra e que manifesta essa admiração? Mais não sou do que um admirador... fervoroso.

Sylvia fez um trejeito de amuo e não respondeu, mas no dia seguinte, quando o trio chegou a Paris, ela e Giacomo eram já os melhores amigos do mundo... e esperavam mais.

Em Paris, os Baletti habitavam uma bela casa bem mobilada, situada na rua das Deux-Portes-Saint-Sauveur (actual rua Dussoubs), pertencente a uma certa marquesa de Urfé, aristocrata já com alguma idade e ligeiramente amalucada, que tinha verdadeira paixão pelas ciências ocultas e que, mais tarde, iria desempenhar um papel simultaneamente grotesco e divertido na vida de Casanova.

Além de Sylvia, a família era composta pelo seu marido, Mario, a filha, Manon, que era ainda apenas uma criança, e, claro, Antonio. Mas, por muito grande que fosse a casa, decidiram acomodar Casanova noutro sítio, a fim de se evitar as más-línguas.

— A reputação de uma actriz é uma coisa frágil — disse Sylvia com uma careta. — E vós, meu caro Giacomo, sois daqueles a quem as reputações nada resistem.

De facto, a astuciosa mulher, que já sabia no que iriam dar as suas relações com o belo Veneziano, preferia muito mais tê-lo noutra casa, onde seria mais fácil e agradável encontrarem-se sem levantar as suspeitas de Mario, que era muito dado ao ciúme.

Instalaram então Giacomo no Hotel de Bourgogne, na Rua Mauconseil, cuja proprietária era uma certa dama Quinson, que tinha uma filha de quinze ou dezasseis anos, a bonita Mimi, bailarina de profissão. Significa isto que, assim que se instalou, o nosso sedutor matou dois coelhos de uma cajadada, pois, formando um belo conjunto, Sylvia Baletti e a jovem Mimi tomaram-no como amante, provavelmente sem se iludirem muito acerca da sua fidelidade.

– Em Paris – dizia Sylvia –, um homem que só tenha uma amante é quase tão ridículo como um marido.

Não se podia ser mais explícito. Boa rapariga, a actriz, interessada essencialmente em que o seu protegido se ambientasse a Paris, resolveu não só sustentá-lo, como também dar--lhe mestres capazes de lhe suavizar hábitos ainda um pouco selvagens e, sobretudo, de «limar» uma pronúncia italiana demasiado áspera, iniciando o jovem nas belezas da língua francesa.

Na verdade, Casanova já falava muito bem o francês. Entre Genebra e Paris, Antonio e ele tinham passado uns tempos em Lyon, onde um certo Sr. de Rochebaron travara amizade com Giacomo, que o regalara com alguns dos seus truques de magia. Paternal como o havia sido o bom Bragadino, Rochebaron levara a afeição ao ponto de apresentar ao seu novo amigo «as últimas bagatelas da franco-maçonaria», a nova loucura do dia, sem a qual não se podia fazer uma carreira decente na sociedade.

Em casa de Sylvia, Casanova conheceu o mestre que lhe faltava: o dramaturgo Crébillon, sombra negra de Voltaire, um grande diabo corado, que só gostava do seu cachimbo, dos seus gatos (tinha dez!) e dos seus cães (tinha vinte e dois!). Tudo isto amontoado na casa do Marais e gerido por uma governanta rabugenta. Mas Casanova, sempre sedutor, consegue domesticar o urso Crébillon, que o admite generosamente no número dos seus «animais»... e lhe ensina o francês até às suas mais raras subtilezas.

Além disso, as suas relações íntimas com a família Baletti valeram-lhe a entrada nos teatros, onde, naturalmente, fez estragos. Para além da bailarina Mimi Quinson, Casanova seduziu as duas encantadoras filhas do actor Véronèse – Camille e Caroline – e depois outra Camille, que pertencia ao Teatro Italiano, tal como Sylvia; a bonita Camille Vézian, que, com os seus talentos de actriz, usava uma arte perfeita para obter dos homens o necessário e até o supérfluo.

Camille teve uma forte paixão por Giacomo, mas não resistiu muito tempo à entrada em cena de um certo marquês riquíssimo que cobriu a bela de diamantes maiores do que o seu cérebro. Filósofo, Casanova procurou outra amante. Um pouco menos dispendiosa, pois o dinheiro de Bragadino já acabara há muito, o de Henriette dissipara-se nas salas de jogo e, embora aceitasse de bom grado a hospitalidade dos Baletti, era delicado para Casanova pedir-lhes dinheiro para os pequenos vícios.

Para o encontrar, o nosso herói pensou que talvez lhe fosse possível explorar os dotes de «médico» e «cabalista». Foi assim que, tendo certo dia ouvido falar das pequenas maleitas da duquesa de Chartres, filha do príncipe de Conti e princesa real desde o seu casamento com o herdeiro dos Orleães, Casanova resolveu, com audácia, apresentar-se à duquesa.

Não teve qualquer dificuldade em ser recebido. A duquesa, que tinha o rosto constantemente coberto de pequenas borbulhas devido a uma alimentação demasiado picante – era extremamente gulosa –, estava capaz de vender a alma ao diabo para se livrar daquilo que considerava ser uma desgraça terrível.

– Senhor – diz-lhe ela –, se a vossa arte puder fazer alguma coisa por mim, saberei mostrar-me reconhecida.

– Farei o meu melhor, Vossa Alteza, mas os milagres só se podem fazer com a boa vontade dos doentes. Estais pronta a obedecer-me?

A duquesa jurou tudo o que lhe foi pedido e o belo Veneziano, para a convencer, começou por lhe fazer «o truque da cabala», interrogou o seu oráculo das letras transpostas em números, com os quais fez uma pirâmide, que depois destruiu, após o que, já convenientemente informado pelo oráculo, ou pelo menos fingindo-o estar, prescreveu à duquesa uma purga leve, lavagens com água de tanchagem... e uma dieta que honrava bastante a inteligência de Casanova, pois constituía muito simplesmente o primeiro de todos os regimes dietéticos.

O resultado foi espantoso. A duquesa recuperou logo uma tez cor de lírio e rosada, ofereceu uma bolsa bem recheada ao seu «querido médico», jurou que ele podia pedir-lhe o que quisesse, prometeu falar dele ao rei... e recuperou docemente os antigos hábitos. Quinze dias depois, as borbulhas tinham voltado.

Chamado de urgência, Casanova zangou-se, obrigou a sua augusta paciente a confessar que comera coisas contrárias à dieta, tratou-a novamente e acabou por adquirir o doce hábito de ir periodicamente ao palácio real para obrigar a duquesa a voltar à dieta após grandes excessos. Para conservar a sua confiança, Casanova falava enfaticamente de certos estudos que conduzia a fim de descobrir também o elixir da juventude, o elixir que, nessa altura, atraía toda a gente de Paris a casa do célebre conde de Saint-Germain.

Restabelecido pela generosidade da duquesa, Casanova pôde ocupar-se mais assiduamente da sua nova conquista amorosa.

Frente à casa dos Baletti, vivia uma curiosa família irlandesa, que tinha problemas frequentes com o chefe da polícia: os O'Morphy. Deve dizer-se que esta família era muito pouco recomendável. O pai tinha duas ocupações em simultâneo: a de sapateiro remendão, que não lhe rendia nada, e a de carteirista, que lhe rendia um pouco mais, quando não estava preso. A mãe era revendedora de roupa e, tal como o marido, dedicava-se a outro comércio, claramente mais lucrativo: o dos seus encantos e dos das suas filhas. E como estas eram cinco, o negócio não corria mal.

O fornecedor do Parc-aux-Cerfs

Na verdade, a filha mais nova ainda não tinha sido posta no mercado, pois era demasiado jovem: ainda não tinha quinze anos. Além disso, andava tão suja e esfarrapada, verdadeira Cinderela da casa, que ninguém conseguiria dizer qual a cor exacta da sua pele.

Mas seria preciso mais do que uma camada de sujidade para enganar o faro de um caçador de mulheres do gabarito de Giacomo. A silhueta da jovem Louison era daquelas que faziam os homens voltarem-se na rua. Começou, portanto, por incutir confiança à criança, falava-lhe gentilmente e dava--lhe pequenos presentes. Depois, num dia em que a família se ocupava dos «negócios», meteu Louison numa carruagem e levou-a a Chaillot, a casa de uma amiga, uma certa Madame Pâris, que tinha uma casa de jogo que servia também de elegante casa de prostituição, não para aí deixar a sua protegida, mas para a confiar àquela excelente dama, o tempo de uma esfregadela vigorosa e de experimentar vestidos novos.

O resultado foi prodigioso: entrada na forma pouco atraente de um monte de trapos sujos, Louison saiu transformada em modelo digna de um pintor, um verdadeiro Greuze! Morena, grandes olhos azuis, fresca, rechonchuda, o rosto mais bonito que se podia ver e uma pele de brancura sem igual.

Subjugado pela sua descoberta, Casanova teve o cuidado de não a levar de volta para a mãe. Instalou-a em sua própria casa, não sem antes ter posto nas mãos sujas da dama O'Morphy uma das mais faustosas recompensas da sua duquesa.

Foram algumas semanas de verdadeiras delícias. Louison era uma amante encantadora, ingénua, fogosa, e parecia igualmente apaixonada pelo seu sedutor. Gostava de sair com ele, de mostrar-se de braço dado com ele no passeio do Cours-la-Reine, mas, tal como as outras raparigas da sua casa, não tardou a fazer algumas exigências financeiras. Por muito sedutor que fosse Casanova, dificilmente podia lutar com todos os homens que, no passeio, cobriam a sua conquista de olhares assassinos.

Começou a pensar que, em vez de lhe dar prejuízo, a bela Louison poderia, talvez, ser uma boa fonte de rendimentos. Pensou nisso muito seriamente no dia em que, no hotel de Transilvânia, a casa de jogo da moda, travou conhecimento com o primeiro camareiro do rei.

La Porte estava sempre atento a uma nova cara que pudesse oferecer ao seu patrão real. A deslumbrante irlandesa pareceu-lhe ser exactamente aquilo que procurava, e La Porte travou amizade com o protector em título de Louison. Ao fim de algum tempo, deu a entender que poderia ser de grande interesse para o *signor* Casanova «agradar» a Sua Majestade...

Agradar ao rei Luís XV... Casanova não podia desejar melhor. Era ainda preciso que o soberano pudesse inteirar-se da beleza de Louison, e, em Versalhes, a marquesa de Pompadour exercia uma vigilância bastante severa sobre as jovens que ela própria não escolhera.

– Há uma forma muito simples – concluiu Casanova. – Mando fazer um retrato da minha jovem amiga e vós, senhor de La Porte, só tereis de a mostrar ao rei.

Assim se fez. Um pintor alemão, cuja posteridade não conservou o nome, fez um retrato de Louisin agradavelmente despida e, certa noite, o dito retrato foi introduzido secretamente em Versalhes pelos cuidados diligentes de La Porte e colocado, em hora propícia, à vista do rei.

Luís XV ficou deslumbrado.

– Não imaginava – exclamou ele – que a natureza pudesse criar uma jovem tão bela! Esta não é certamente uma obra de imaginação...

– O modelo existe, Senhor, posso garanti-lo a Vossa Majestade... Vi-a com os meus próprios olhos!

O fornecedor do Parc-aux-Cerfs

— Gostava de vê-la com os meus — disse o rei, sorrindo. — É possível?

Alguns dias depois, embrulhada em várias camadas de seda e rendas, Louison era conduzida discretamente a uma pequena casa da rua do Parc-aux-Cerfs, que tinha a honra de receber temporariamente as belas jovens que não pertenciam à corte e que podiam agradar ao rei.

Louison deu-se muito bem aqui, a ponto de dar um filho ao rei e de preocupar seriamente a Madame de Pompadour.

No entanto, Louison continuava apaixonada por Casanova. É verdade que ele encontrara um consolo substancial nos «agradecimentos» de La Porte, mas não deixava de sentir alguma tristeza por ficar assim privado definitivamente da sua bela descoberta.

Procurando distrair-se, frequentava cada vez mais as mesas de jogo, jogava forte, fazia até alguma batota e, por fim, travou-se de razões com um certo visconde de Talvis, sem dúvida não mais honesto que ele, mas que o apanhara a trapacear. O caso acabou mal para o nosso aventureiro.

Travou um duelo e foi ferido pelo adversário. Este, pouco elegante, denunciou Casanova à polícia, que, desta vez, fez diligências.

Avisado a tempo por Sylvia, que tinha informadores em toda a parte, o pobre Giacomo teve de fugir precipitadamente, abandonando uma situação que começava a anunciar-se brilhante, mas que, se fosse apanhado, podia conduzi-lo directamente para os remos das galés de Sua Majestade no Mediterrâneo. Ora, as férias na Côte d'Azur ainda não estavam na moda e este género de navegação não lhe parecia muito agradável.

Não sabendo já para onde ir, Casanova lembrou-se que não conhecia a Alemanha, que a sua mãe vivia ainda em

Senhores da Noite

Dresda, onde a sua situação era florescente, e que uma boa mãe viria em auxílio do seu desgraçado filho.

Partiu então para Dresda, não sem antes ter feito mil juras à chorosa família Baletti de que voltaria em breve.

V

Na Prisão dos Chumbos!(*)

Veneza, o seu encanto, as suas casas de jogo e as suas cortesãs estavam demasiado enraizadas no coração de Casanova para que aceitasse ficar separado delas por muito tempo... Passados os primeiros dias de reencontros com a mãe e o primeiro maravilhamento causado pela cidade de Dresda e pelos faustosos edifícios erguidos pelo rei da Polónia, eleitor da Saxónia, em sua própria honra, o nosso viajante começou a achar que a *dolce vita* saxónica não era para si. Demasiados beberetes... e muita cerveja! Era insustentável para o filho adoptivo de Zuan Bragadino e dos seus dois amigos.

Certo dia, afirmando que o Conselho dos Dez devia ter agora mais em que pensar, e pronto a correr todos os riscos para rever a sua Sereníssima pátria, fez as malas, beijou a mãe e o irmão Francesco, que fora também mostrar os seus talentos de pintor na corte da Saxónia, e rumou alegremente em direcção ao país natal.

(*) A prisão *di Piombi*, nas masmorras do palácio ducal de Veneza, era assim conhecida por ter os tectos cobertos de chumbo. (*N.T.*)

Foi uma reentrada quase triunfal, pois os três velhos fizeram uma festa em honra do filho pródigo. Além disso, dois dias após a chegada de Giacomo, Veneza celebrava a maior festa do ano, a festa do Redentor, durante a qual o Doge, a bordo do *Bucentauro*, renovava a aliança entre a Sereníssima e o Mar. Era uma boa altura para um regresso em grande...

Casanova retomou com prazer a indolente vida veneziana que lhe era proporcionada pela fortuna dos seus protectores. Aparecia vestido com a «bauta», o véu negro que cobre a cabeça e os ombros, com o tricórnio emplumado, vestido de seda e veludo e usando a máscara branca de perfil de pássaro apreciada pelos elegantes. Voltou a frequentar a praça de São Marcos, o passeio reservado aos elegantes, os *ridotti*, ou casas de jogo, e os *casini*, casas de jogo clandestinas onde se bebia bem na companhia de bonitas mulheres pouco esquivas.

Recomeçou a viver com fulgor. Passava as noites em orgias ou à volta das mesas de jogo; depois, quando amanhecia, ia ao Erberia, perto do Grande Canal, para encher os pulmões com o ar fresco da manhã, enquanto via chegarem as barcas carregadas de legumes e frutas destinados ao mercado do Rialto.

Obviamente, não esquecia o amor, esse companheiro de todos os momentos. Na esquina de um palácio dourado, encontrou Tereza Imer, a bela jovem que ele ousara disputar ao senador Malipiero e que lhe valera o exílio nas terras desérticas da Calábria. Os reencontros foram agradáveis, nada mais, e apenas para Giacomo, pois Tereza, que fizera uma bela carreira em Bayreuth, no paço do Margrave, depressa percebeu que uma mulher deixada era uma mulher esquecida pelo antigo amante.

A aventura foi breve, deixando Tereza desencantada e até bastante magoada. Nenhuma mulher gosta de perceber que é

Na Prisão dos Chumbos!

apenas um passatempo para o homem escolhido. E quis a desdita que o coração de Giacomo encontrasse outro dono.

Durante uma louca partida de cartas, no *ridotto* da Praça de São Marcos, Casanova travara amizade com um certo Pietro Campana, oficial de profissão sempre com pouco dinheiro, mas simpático. Casanova emprestara-lhe alguns ducados e o outro, não sabendo como pagar a dívida, visto que a sorte continuava a maltratá-lo, encontrara de repente um curioso recurso.

— Emprestai-me mais alguns cequins — suplicou-lhe ele. — A sorte não me pode ser madrasta por tanto tempo, e — acrescentou, vendo o amigo esboçar um gesto de recusa — apresentar-vos-ei a mais bela rapariga de Veneza.

— A mais bela? Conheço-as todas e não estou a ver...

— Não conheceis esta. É a minha irmã, Catarina! Tem quinze anos, é bela como o dia, esbelta com olhos de fogo, enormes cabelos pretos, uma pele na qual o Sol parece viver. Um corpo...

— Mas tendes a certeza de que ela seja vossa irmã? Falais dela como um vendedor de um cavalo!

— É porque a adoro, e também porque gosto de vós. Nada me faria mais feliz do que ver-vos entenderem-se. Catarina é inteligente e ingénua, mas penso que lhe agradareis.

Campana obteve os seus cequins e Casanova a sua apresentação à jovem Catarina. Inútil será dizer que foi um choque a dobrar. Campana não exagerara em nada. Catarina era deslumbrante e Giacomo derreteu-se ao primeiro olhar. Por seu lado, a jovem não se mostrou nada insensível ao charme deste rapagão de trinta anos, de pele bronzeada e olhar ardente, que se inclinava diante de si como um nobre de Espanha diante de sua rainha.

Certa noite em que o pai estava fora, fez-lhe até uma serenata; mas enquanto a primeira parte do concerto se realizou com um dos amantes numa barca e o outro na sua varanda, a segunda serviu de contraponto aos suspiros da bela Catarina, que, entre os lençóis, se entregava a Giacomo com todo a paixão da sua juventude.

Foram amores encantadores e tipicamente venezianos, feitos de encontros furtivos e apaixonados, lentos passeios de gôndola, suspiros, juras e toques de bandolim. Mas foram amores breves, pois o velho Campana, como bom pai preocupado com a descendência e com o futuro da filha, arranjara-lhe um marido, um comerciante como ele, rico e bem dotado.

O comerciante tinha o defeito de não ser nada bonito nem muito jovem. Loucamente apaixonada pelo seu Giacomo, Catarina rejeitava veementemente o anel de noivado; e foi assim que ocorreu, na bela residência dos Campana sobre o canal dos Santos Apóstolos, uma daquelas cenas trágico-cómicas que Labiche descreveria nos seus livros, um século depois, para grande alegria dos Franceses.

O pai Campana quase sufocava de fúria, bateu na filha e, como esta insistia na ideia de desposar aquele mau sujeito do Casanova, decidiu-se, para obrigar a rebelde a reflectir, pelo único meio adequado e cómodo que conhecia um pai veneziano: o convento.

– Não voltarás a ver Catarina – confiou certa noite Pietro ao amigo Giacomo. – O pai mandou-a para o convento. Foi-se embora esta manhã para Murano.

– Murano? Sabes em que convento a puseram?

– Claro, foi no convento San Giacomo de Galizzia!

Inicialmente sombrio, o rosto de Casanova alegrou-se. Graças a Deus, nem todos os conventos de Veneza eram parecidos. Alguns, aqueles para onde iam as verdadeiras vocações, tinham toda a severidade desejada por Santa Teresa de Ávila, mas outros, aqueles que serviam às famílias de

Na Prisão dos Chumbos!

depósitos cómodos para as filhas excedentes, evitavam romper com os prazeres da vida. Esses conventos, imortalizados pelo pincel de Longhi, pareciam-se mais com salões do que com retiros monásticos ou eremitérios. As freiras, se assim se podem chamar, vestiam-se à moda e recebiam os amigos todos os dias, penteadas, maquilhadas, quando não saíam para irem a alguma casa amiga... ou a algum encontro. E, felizmente, o convento para onde Campana mandara a filha era desses.

Mas o homenzinho, que não se deixava enganar facilmente, exigira, ao pagar a estadia da filha, que lhe fosse recusada qualquer visita, sobretudo masculina. E no dia em que Casanova, todo vestido de cetim verde, se apresentou no convento, foi delicadamente avisado de que a *signorina* Catarina Campana estava doente e não o podia receber.

É claro que não estava assim tão doente, pois, no dia seguinte, Casanova recebeu dela uma cartinha muito chorosa, na qual a reclusa lhe contava as suas dores, que poderiam ter sido insuportáveis não fosse a presença de uma certa soror Maria Madalena, que se afeiçoara ternamente a ela, a mimava de todas as formas e se comportava como sua irmã mais velha.

«É a ela que deveis endereçar as cartas, meu querido, se vos quereis dar ao trabalho de escrever a uma pobre criança que morre por vós. Ela entregar-me-á as cartas fielmente e encarregar-se-á de vos enviar as minhas. É um anjo...»

Por intermédio do anjo em questão, Casanova e a meiga Catarina trocaram algumas epístolas escaldantes, que, com o tempo, começaram a rarear sem qualquer razão aparente.

Casanova passou a ficar preocupado quando, certa manhã, recebeu um bilhete muito breve, assinado M. M., que o convocava para estar no convento San Giacomo na parte da tarde.

Não se fez rogado; fretou uma gôndola e precipitou-se para Murano na esperança de ver finalmente a jovem amante, pois, na sua carta, M. M. dizia-lhe não ter dúvidas de que ele ficaria contente com a visita.

Instalado no elegante locutório do convento, viu vir na sua direcção, por detrás da larga grade com volutas elegantes, uma rapariga muito bonita de pele láctea com admiráveis olhos azuis. Usava um vestido modesto, mas o véu de rendas que lhe cobria a cabeça não escondia o seu luxuriante cabelo de um belo castanho claro.

– Sois o senhor Casanova? – perguntou. – Agradeço-vos por terdes vindo. Há muito que desejava conhecer-vos. Catarina está sempre a falar de vós.

– Espero que ela esteja bem, que nada de desagradável...

– Sossegue, está tudo bem. Hoje, está ocupada noutro lado. Sou eu quem deseja ver-vos.

– Porquê?

– Para vos ver, simplesmente. Queria saber se me agradaríeis – acrescentou ela, com um olhar tão lânguido que Casanova esqueceu logo Catarina. Aquela rapariga era duas vezes mais bela do que a outra.

– E então? – disse ele, com a garganta seca.

– Ide esta noite ao endereço escrito neste papel – respondeu, passando-lhe um rolinho branco por entre as volutas da grade –, depois vereis.

Nessa mesma noite, Giacomo encontrou-se com Maria Madalena numa casinha à borda da lagoa. Estava vestida à rapaz, com um fato de veludo cor-de-rosa ornamentado a lantejoulas douradas, calções de cetim preto moldavam-lhe as pernas divinas. O jantar estava servido numa mesinha, no meio de uma sala coberta de sedas cor-de-rosa. Ante a surpresa do convidado, Maria Madalena sorriu.

– Não vos agrada?

– Agrada-me infinitamente. Mas onde estamos?

– Em minha casa. Esta casa, mais exactamente, é do meu

Na Prisão dos Chumbos!

amante: um Francês muito rico, que me satisfaz todos os caprichos. E vós sois um desses caprichos. Estou pronta a provar-vos até que ponto me agradais – acrescentou, começando a despir-se.

Os encontros sucederam-se na casinha, apaixonados e, ao mesmo tempo, irritantes, pois a bela Madalena apenas oferecia o corpo e nada da sua personalidade ou da sua vida real. Mas tinha uma alma caridosa e, talvez, pérfida, pois certa noite, ao chegar ao encontro, Giacomo teve a surpresa de se deparar com... Catarina, que o esperava, nua, na cama já aberta.

– Maria Madalena vem ter connosco daqui a pouco – declarou ao antigo amante espantado. Decididamente, a rapariga fizera grandes progressos. Alguns minutos depois, de facto, Maria Madalena, igualmente pouco vestida, veio juntar-se ao casal e às suas folias e, por fim, anunciou que o seu amante francês também não tardaria a juntar-se à festa.

Foi assim, durante uma orgia muito íntima, que Casanova travou conhecimento com o embaixador de França em Veneza, o abade de Bernis, e se tornou um dos seus amigos mais próximos.

As semanas que se seguiram foram das mais agradáveis para os quatro amigos, que, todas as noites, se encontravam para festejarem e se entregarem em comum aos prazeres de Vénus. Bernis sabia que não tardaria a ser chamado de volta a Paris e, de certa forma, tentava empanturrar-se, organizando festas sucessivas. Se ele se contentava com isso, Casanova evitava certamente grandes aborrecimentos. Mas o seu apetite por mulheres era insaciável. Passar continuamente de Catarina para Madalena e, por vezes, até com as duas juntas – pois o abade, mais velho que ele, não tinha a mesma saúde –, não o satisfazia. Além disso, recomeçara a praticar a alquimia, o que era uma ideia muito má, se levarmos em conta os seus novos amores.

Com efeito, Casanova estava de olho numa bela patrícia, Luciana Zorzi, que, evidentemente, depressa se mostrou sensível aos seus olhares fervorosos. Infelizmente, outro alguém amava Luciana sem nunca ter conseguido obter os seus favores, e esse alguém era Paolo Condulmero, o Inquisidor de Estado, aquele a quem se chamava, tremendo, o «Inquisidor Vermelho».

Condulmero era um devoto de paixões tão temíveis que já nem as escondia. Não teve qualquer dificuldade em perceber que a mulher por quem se apaixonara estava pronta a entregar-se a esse demónio a quem chamavam Giacomo Casanova. Lançou ao seu encalço um certo Manuzzi, suposto vendedor de jóias, mas, na realidade, o mais hábil espião do Santo Ofício.

Ora, numa manhã de Julho de 1755, quando regressava, como era seu hábito, de respirar o ar fresco do mercado de Erberia, Casanova deparou, ao entrar na sua casa dos Fondamente Nuove, com a fechadura forçada, a porta aberta, os aposentos revirados de alto a baixo e a sua hospedeira em lágrimas.

— Um senhor veio aqui com uns homens vestidos de negro — contou-lhe ela, a chorar. — Revirou tudo e foi-se embora, levando um monte de livros. E... estava a rir.

Casanova sentiu-se empalidecer. Aqueles livros podiam significar a sua condenação à morte, pois a maioria era livros de alquimia, como *As Clavículas de Salomão* ou *O Zacorben*. Havia também obras cabalísticas, bem como alguns livrinhos mais que ligeiros, como os *Ragionamenti* do Aretino.

Mas se Casanova tinha alguma qualidade, era a coragem, e, à pobre mulher que suplicava que fugisse, ripostou:

— Toda a gente tem o direito de ler o que quiser. Não vou fugir por causa de uns livrinhos, pois não fiz mal a ninguém.

Na Prisão dos Chumbos!

Deu a mesma resposta ao pobre Bragadino, que acabara de chegar, completamente transtornado, para dar dinheiro ao «seu querido filho» e suplicar-lhe que, se tivesse um quarto da estima que tinha por ele, voltasse a deixar Veneza.

– Nada tenho a censurar-me – repetiu Giacomo. – Fugir seria confessar-me culpado.

– Mas, desgraçado, não sabes os riscos que corres. O Inquisidor Vermelho acusa-te de enfeitiçares as mulheres graças a práticas satânicas.

– Não passam de tolices! Não tenho a culpa de agradar às mulheres.

– Eu sei, mas sei também o que digo. Condulmero arranjou testemunhas. Diz-se que, há três noites, a condessa Bonafede fugiu de tua casa toda nua, de cabelos ao vento, gritando que a tinhas enfeitiçado e amaldiçoando-te...

– É mentira. E não fugirei!

– Então, só me resta morrer de desgosto, meu filho, pois o Inquisidor Vermelho nunca deixa escapar uma presa.

– Ora, que me leve à justiça! Saberei bem defender-me. Sossegai, meu pai, ainda não estou morto. Não se prende um homem por causa de divagações dementes e de uns livrinhos.

Era negar a evidência e dar provas de uma teimosia que podia parecer estúpida. Mas, embora não o dissesse, Casanova contava com o poder da franco-maçonaria para lhe resolver o problema. O grau que obtivera era suficientemente importante para que até um Inquisidor de Estado pensasse duas vezes antes de o mandar para a prisão.

Só que Condulmero era tão vingativo e tacanho quanto Casanova era teimoso. Na madrugada de 26 de Julho, os esbirros da Sereníssima República foram arrancar o delinquente da sua cama. Dando-lhe tempo apenas para se vestir, enfiaram-no numa gôndola fechada, que só se abriu, após muitas voltas, à entrada das prisões de Veneza. Restava agora

Senhores da Noite

saber se o prisioneiro teria direito aos Poços, as masmorras subterrâneas sempre inundadas, ou aos Chumbos, as prisões com tectos de chumbo, que o Verão tornava abrasadoras e o Inverno glaciais. Foi parar aos Chumbos!

VI

A grande evasão

Ser encerrado na Prisão dos Chumbos de Veneza no mês de Julho equivalia quase a estar fechado num forno. As folhas de chumbo do tecto conservavam o calor e triplicavam--no, tornando-o quase insuportável.

A prisão para aonde tinham atirado Giacomo era uma espécie de cela sem luz. A única iluminação entrava pelo estreito postigo da porta. Esta cela comunicava, através de uma porta estreita, com um armazém fechado no qual se amontoava grande quantidade de lixo. O carcereiro fechava aqui o seu prisioneiro sempre que lhe limpava a prisão.

Este carcereiro, Lorenzo Bassadona, não era um homem mau. Fazia o seu serviço com grande regularidade, mas como achava Casanova simpático, punha-se por vezes na conversa com o prisioneiro. Foi assim que Casanova tomou conhecimento da localização exacta da sua cela: mesmo por cima do quarto de Cavalli, o secretário da Inquisição, que o recebera à chegada e ordenara que ficasse incomunicável.

Esta simples informação bastou para que Casanova gizasse um plano de evasão. Com efeito, não esperava nada ir a julgamento. As poucas palavras que conseguira trocar com Domenico Cavalli tinham-no esclarecido sobre o seu destino: deixá-lo-iam muito certamente a cozer debaixo dos Chumbos até que a morte dele se apiedasse.

Ora, enquanto deambulava pelo armazém durante a limpeza da sua cela, fez uma dupla descoberta que lhe pareceu muito interessante: uma lâmina de ferrolho em ferro e um pedaço de mármore negro, que escondeu debaixo da roupa. Isso não era fácil, pois, por causa do calor abrasador, andava quase nu, cobrindo-se apenas de noite para se proteger dos muitos ratos que lhe causavam terror profundo.

De volta à cela e deixado a sós, o prisioneiro pôs-se a trabalhar com a incansável paciência daqueles para quem o tempo já não conta. Lentamente, conseguiu moldar a sua barra de ferrolho, afiou-a e obteve assim uma espécie de espontão de lâmina «octangular», suficientemente sólido para lhe permitir levar a cabo um trabalho muito mais importante: escavar um buraco no chão, furar o tecto de Cavalli e, numa bela noite, descer para o interior do palácio agarrado às suas roupas e esconder-se debaixo da tapeçaria que cobre a mesa da Grande Câmara de Justiça, esperando tranquilamente pela abertura das portas.

Infelizmente, não pôde dedicar-se imediatamente à execução do plano. A falta de ar e as suas lutas incessantes com os ratos deixaram-no completamente de rastos. Teve febre, e Lorenzo Bassadona, convenientemente pago pelo bom Bragadino, receou perder um cliente tão rentável. Mandou chamar um médico, que receitou água de cevada e uma limpeza minuciosa da cela, para se livrarem dos ratos. Assim se fez.

Um pouco reconfortado, Giacomo lançou-se ao trabalho assim que começou a sentir-se melhor. Mas eis que surge outro problema: como impedir que Lorenzo descobrisse o

A grande evasão

entulho produzido pelo espontão quando viesse varrer a prisão?

A imaginação do prisioneiro depressa lhe deu uma solução: picou o dedo, tirou tanto sangue quanto pôde, manchou um lenço com este sangue e, por fim, chamou por socorro. Lorenzo, que acabara de varrer as celas, acorreu e encontrou o prisioneiro estendido na cama, com o lenço junto à boca.

– Há demasiada poeira aqui – disse Giacomo, com voz débil. – Vê, amigo, acabo de cuspir sangue. Há muito tempo que isto não me acontecia.

– Vou chamar o médico – assegurou o carcereiro.

O médico voltou, mas como os seus conhecimentos médicos não eram grandes e, além disso, já estava farto daquele prisioneiro que o obrigava a subir demasiadas vezes ao cimo do palácio, limitou-se a declarar que, com efeito, varrer era perigoso e que, até nova ordem, não se devia mexer em nada na cela. Casanova não se opôs e, quando se encontrou a sós, atacou alegremente o soalho.

A tarefa anunciava-se difícil: durante os trabalhos, o prisioneiro iria encontrar três camadas de tábuas espessas e uma de mármore aglomerado. Por conseguinte, os seus tormentos estavam longe do fim.

Passou o Verão e o Outono. Chegou o Inverno, que transformou os Chumbos abrasadores de Verão num glaciar, e Casanova, que pensara vezes sem conta que pereceria de calor, começou a achar que morreria gelado.

Felizmente, Bragadino continuava a velar por Giacomo. Por intermédio de Lorenzo Bassadona, Giacomo recebeu dele, pelo Natal, um casaco espesso com forro de pele de raposa, um cobertor de seda acolchoado e um saco de pele de urso, espécie de capacho para enfiar os pés e as pernas.

Mas o frio não era o único inimigo que chegava com o Inverno: o escuro prejudicava-o bastante, pois, como as horas do dia eram muito mais curtas do que as horas da noite, Casanova já não podia trabalhar no buraco que constituía toda a sua esperança. Precisava de uma candeia. Graças a umas dores imaginárias, conseguiu arranjar luz.

Lorenzo forneceu-lhe ainda azeite de Lucques para temperar a salada, a pretexto de que o seu intestino não suportava o azeite vulgar, uma pederneira e vinagre, visto que a pederneira embebida no vinagre acalmava as dores de dentes, e enxofre para as «intoleráveis comichões» provocadas pelos parasitas.

Tendo obtido tudo isto, Casanova encontrou ainda carqueja na sua roupa, pois os alfaiates costumavam introduzi-la no vestuário para impedir que o suor manchasse as sedas frágeis. Em seguida, fez uma acendalha com a fivela do cinto. Por fim, uma velha tijela encontrada no armazém rematava uma obra de que se podia fiar, mas de que não se pôde servir, pois, assim que a lamparina ficou pronta para funcionar, Giacomo recebeu um companheiro de cela: um jovem aprendiz de barbeiro, que engravidara a filha de um patrício.

O desgraçado não ligava nenhuma ao seu companheiro de cela, pois passava os dias e as noites a chorar, muito mais pela liberdade perdida do que pela honra da patrícia, mas Casanova conhecia demasiado bem os métodos dos inquisidores para se fiar naquela grande dor. Suspeitava que aquele desesperado era um «infiltrado».

O aprendiz de barbeiro não ficou muito tempo. Foi substituído por um usurário judeu chamado Gabriel Shalon. Este não era um desconhecido para Casanova, que já lidara com ele, mas, precisamente, conhecia-o demasiado bem. As obras não avançaram. Shalon era capaz de vender a mãe para regressar aos seus escudos.

Felizmente, o judeu também não ficou muito tempo e, um ano depois da sua entrada na Prisão dos Chumbos, no pino

A grande evasão

do Verão, Casanova considerou o trabalho concluído, pois só faltava escavar o tecto de Cavalli, operação que não exigiria mais do que uma hora. Decidiu, portanto, que a sua evasão teria lugar na noite de 27 de Agosto...

Mas, no dia 25, Lorenzo, com um sorriso estampado no rosto, veio buscá-lo.

– Resolveram mudá-lo de prisão – anunciou ele alegremente. – Agora tereis duas janelas, tanto ar quanto quiserdes, e vista sobre toda a Veneza.

Um ano antes, teria recebido esta notícia com entusiasmo. Desta vez, levou-o ao desespero.

«Queria levar o meu buraco...», escreveu ele mais tarde.

De qualquer modo, tinha de se resignar. Incontestavelmente, o novo «apartamento» era muito mais agradável do que o outro, e Lorenzo disse-lhe que poderia ter também livros. Mas o buraco ficara no mesmo sítio.

O buraco iria causar uma lamentável discussão entre Casanova e o seu carcereiro, pois, ao limpar a antiga cela, Lorenzo descobriu naturalmente o estratagema. Furioso, foi exigir ao prisioneiro que lhe devolvesse as ferramentas de que se servira, acusando-o de traição.

– Já não as tenho – declarou Casanova com grande sangue--frio. – Aliás, eu podia muito bem dizer que foste tu quem mas forneceu. Se fosse a ti, calava-me. Se não gostas de problemas, é o que devias fazer.

Lorenzo reconheceu a sensatez daquelas palavras, fechou o buraco, fez desaparecer o entulho e enterrou o machado de guerra, enquanto que Casanova recomeçava a imaginar como poderia evadir-se.

Não era fácil, visto que agora era vigiado de perto e a sua cela revistada todos os dias. Teve então a ideia de arranjar um companheiro de fuga que pudesse fazer o trabalho por si, escavar já não o seu soalho, mas sim o tecto, na condição de

Senhores da Noite

que fosse vizinho, levantar uma das placas de chumbo do telhado e vir, pelo sótão, furar o tecto de Casanova. Mas como encontrar esse companheiro fiel?

Foi Lorenzo quem forneceu a solução. Um recluso vizinho, um monge preso por frequentar demasiado as raparigas, propôs emprestar-lhe livros se ele lhe emprestasse os seus. Tratava-se de um certo Marino Balbi, dotado, segundo Lorenzo, de uma força hercúlea.

Com a ajuda dos livros que circulavam de uma cela para outra, estabeleceu-se uma correspondência. Balbi aceitava de bom grado ajudar Casanova e fugir com ele, mas não tinha ferramentas...

Graças a uma Bíblia, o espontão mudou de mãos e Balbi começou a furar o seu tecto. Ninguém visitava a cela do monge, que tinha pedido, por conselho do seu amigo invisível, e obtido imagens santas, atrás das quais dissimulava as obras. Oito dias depois, Casanova já ouvia por cima da cabeça o sinal combinado: três pancadinhas...

Faltava escolher o momento da evasão. Após algumas hesitações, decidiram-se pela noite de 31 de Outubro, pois, nesta altura, como os inquisidores costumavam passar o dia de Todos os Santos nos seus domínios no continente, Lorenzo aproveitava a ausência deles para se embriagar copiosamente.

Às nove horas da noite, Casanova, à espreita, viu desmoronar-se parte do seu tecto e surgir um vigoroso figurão, que não parecia brilhar pela inteligência, mas que apresentava a vantagem da força. Sem se demorarem nos cumprimentos, os dois camaradas, levando cada qual um pacote de roupa e as cordas que tinham feito com os lençóis e cobertores, subiram para o telhado das prisões.

A noite estava clara e era preciso esperar que a Lua consentisse em esconder-se, mas esta claridade permitiu que Casanova visse uma lucarna a meio do telhado, cujo declive

A grande evasão

era menos acentuado do que receara. Logo que puderam, os dois fugitivos aproximaram-se da lucarna. Balbi resmungava, pois deixara cair a sua roupa, que flutuava agora debaixo da ponte dos Suspiros.

A lucarna aberta mostrava um celeiro, mas de grande altura: pelo menos seis metros.

– Será fácil descer-vos com a corda – disse Casanova –, mas não há nada onde a fixar e não poderei seguir-vos.

– Ora – disse o outro com cinismo. – Descei-me na mesma! Depois podeis pensar numa forma de me seguir.

Giacomo começou a olhar de lado aquele companheiro que não parecia tão interessante como imaginara. Contudo, desceu-o e, livre das suas incessantes recriminações, retomou a exploração minuciosa do telhado. A sorte sorriu-lhe: alguns operários tinham estado ali a trabalhar e, além de uma grande tina de gesso, uma escada repousava perto de uma chaminé.

Aliviado, o fugitivo começou a puxá-la até à lucarna. Mas a escada era pesada. Conseguira enfiar a extremidade lá dentro, mas um movimento em falso fê-lo escorregar e, com um gemido de horror, deslizou pelo declive do telhado, correndo o risco de se esmagar no cais.

A goteira à qual se conseguiu agarrar salvou-o, mas precisou de recorrer a todas as suas forças para se reequilibrar. Por fim, encharcado em suor e com todos os músculos a tremer, viu-se novamente sentado no tecto, a tentar acalmar os batimentos descontrolados do coração.

Pouco depois, voltou à sua lucarna e conseguiu introduzir a escada. Balbi, que não saíra do celeiro, apanhou-a. No instante seguinte, Casanova já estava lá dentro. Deixou-se cair no chão e perdeu os sentidos...

Reanimado com grandes bofetadas pelo companheiro, recuperou logo o gosto pela luta. Desta feita, o celeiro onde se encontravam não era uma prisão. Podiam sair dali.

Senhores da Noite

A porta estava fechada à chave, mas o fiel espontão arrancou facilmente a fechadura. Um corredor, uma escadaria, uma grande sala: a dos Arquivos de Veneza. Daí, uma pequena escadaria de pedra conduziu-os à Chancelaria. Mas também aqui havia uma porta, e uma que não se abriria facilmente.

– O dia está a nascer – resmungou Balbi. – Se não sairmos daqui, seremos apanhados.

– Não nos apanharão. Eu sei. Tenho a certeza...

A fechadura era demasiado forte para o espontão. Giacomo bateu no painel de madeira, no qual conseguiu fazer uma abertura suficiente para passar um homem. Suficiente... mesmo à justa! Os dois fugitivos esfolaram-se e rasgaram-se nesse buraco. Casanova, por seu lado, estava em farrapos. E ainda não estavam a salvo: faltava transpor a grande porta, que nenhuma arma podia abrir.

Então, audacioso, Casanova sentou-se no chão, desfez o seu pacote de roupa, retirou dele o belo fato que conservara preciosamente e o seu chapéu de plumas, vestiu-se, penteou-se e, depois, correndo a uma janela, abriu-a e olhou lá para fora. Soavam as seis horas e alguns transeuntes dirigiam-se à Igreja de São Marcos para a primeira missa.

– Eia! Olá! – gritou Giacomo. – Ide procurar o porteiro para nos abrir a porta. Fecharam-nos aqui sem querer.

A visão daquele senhor aperaltado não levantou qualquer suspeita. Momentos depois, a porta abria-se. Seguido por Balbi, nos ombros de quem pusera a sua capa, Casanova lançou para o ar um «obrigado», correu para o cais e saltou para uma gôndola.

– Para Fusina! – ordenou ao gondoleiro. – E rápido, estamos com pressa!

O homem apressou-se e a gôndola fez-se ao largo.

– Afinal – disse então o fugitivo –, já não vamos para Fusina. Vamos antes para Mestre.

A grande evasão

– Isso ficará mais caro.
– Não importa. Tenho dinheiro. Depressa, meu bravo.

Em Mestre, depois de pagarem ao gondoleiro, apanharam um carro para Treviso. O importante era ganhar a maior distância possível entre eles e os esbirros da Sereníssima. Mas, em seguida, foi preciso continuar a pé, pois o dinheiro estava no fim. Sobrava apenas o suficiente para não morrerem à fome. Só pararam uma vez fora das fronteiras de Veneza.

Na primeira aldeia, Casanova e Balbi pararam numa estalagem, de onde o nosso herói enviou uma mensagem ao seu eterno protector, Bragadino. Depois, deitou-se e dormiu seis dias e seis noites, acordando apenas para abrir a boca e comer: exactamente o tempo que o seu mensageiro levou para ir e voltar com uma centena de cequins.

Desta vez, o pesadelo terminara. A bela vida iria recomeçar. Retemperados, Casanova e Balbi partiram para Munique, onde se separaram finalmente para satisfação mútua: chegaram a odiar-se cordialmente...

De coração alegre, bolsa bem recheada, Giacomo achou que há muito não ia a Paris, e foi tranquilamente arranjar lugar numa carruagem, que, por Estrasburgo, o levaria a essa cidade de todas as delícias e de todos os amores: desde que deixara Veneza, nenhuma mulher conseguira satisfazê-lo, nem sequer por minutos. Então, na falta da sua cidade natal, Paris serviria muito bem para o ressuscitar...

VII

Goulenoire e Semíramis

Quando Casanova reencontrou Paris, nos primeiros dias do ano 1757, teve a agradável sensação de estar a voltar a casa após uma viagem penosa, uma viagem demasiado longa.

O tempo estava frio e húmido. Os telhados encontravam-se brancos de neve e as ruas cheias de lama negra, gelada e fétida, mas, para um homem recentemente evadido da prisão dos Chumbos de Veneza, esta Paris invernosa, onde corriam os cabriolés das raparigas da Ópera, onde os burgueses patinhavam alegremente com pressa de chegar às suas casas estofadas c às suas lareiras, parecia-se bastante com uma espécie de paraíso.

É verdade que a última estada de Giacomo terminara de forma péssima e um pouco brusca. Mas o tempo, que tão bem ordena as coisas, deixara passar areia suficiente na ampulheta do velho Cronos para que os Parisienses, gente fútil e amável, tivessem esquecido há muito os pecadilhos do *signor* Casanova. Além disso, não tinha ele, nesta terra bendita, bons amigos que chegassem para poder voltar a partir sem problemas?

Enfim, sabia que estava mais belo que nunca na sua maturidade desabrochada e as mulheres, que até agora não lhe haviam poupado nem os favores nem o dinheiro, não tinham realmente qualquer razão para se mostrarem mais avarentas do que no passado.

Foi então com um passo decidido bater à porta dos bons amigos Baletti. Receberam-no com gritos de alegria. Sylvia, velha e doente, acolheu-o com as lágrimas e a emoção de uma mãe. Antonio chorou nos seus braços, Mario assoou-se vigorosamente, depois de o ter abraçado várias vezes. Sozinha, uma deslumbrante rapariga de quinze anos contemplava-o com grandes olhos brilhantes sem dele ousar aproximar-se. Casanova olhou-a, enlevado.

– Quem é esta? – perguntou ele, dedicando-lhe o seu mais belo sorriso.

Antonio desatou a rir.

– Ora, *Giacomo mio*, quem queres tu que seja? É Manon, claro, a minha irmã mais nova...

O recém-chegado abriu bem os olhos.

– Manon, a pequena Manon? Não acredito...

– Podes crer! Passaram sete anos, Giacomo, desde que nos deixaste. Manon tornou-se uma rapariguinha.

Disso já Casanova se apercebera. Uma rapariguinha realmente adorável, que ele começou logo a adorar. E como, visivelmente, a bela rapariga também se apaixonara por ele, quando foi dormir, naquela primeira noite na sua cama reencontrada da rua de Richelieu, Casanova o mago, Casanova o infiel, Casanova o Cabalista, o Franco-Mação e o Rosa--Cruz, agradeceu fervorosamente ao Senhor e a todos os santos por o terem levado a bom porto nesta maravilhosa Paris, onde as pessoas se apaixonavam logo ao primeiro dia.

Mas, com este aspecto já resolvido, era ainda preciso recuperar a fortuna desaparecida. Os cem cequins do bom

Goulenoire e Semíramis

Bragadino estavam quase a acabar e, para deslumbrar Manon, de quem contava pedir a mão, Casanova queria dinheiro, muito dinheiro.

Ora, apesar dos seus problemas com a polícia, conservava em Versalhes alguns amigos, alguns apoios não negligenciáveis, como o marechal de Richelieu e até a marquesa de Pompadour, que ele entretinha. Mas foi em casa do duque de Choiseul – que se lhe afeiçoaria a ponto de o ajudar a montar o escabroso caso da lotaria e a confiar-lhe algumas missões secretas – que encontrou a criatura em quem se encarnariam as suas maiores esperanças de fortuna: Jeanne de Pontcarré, marquesa de Urfé, a quem Cazotte chamava «A Decana das Medeias», por causa da sua paixão imoderada pelas ciências ocultas.

Há muito que Casanova sabia quem ela era, pois já a vira várias vezes. Com efeito, a madame de Urfé era proprietária da casa onde viviam os seus amigos Baletti. Mas na residência de Choiseul, que morava aliás numa casa vizinha, encontrou-a pela primeira vez em pé de igualdade.

Era uma mulher de cinquenta e dois anos, ainda não demasiado decrépita e que, nos seus bons tempos, fora uma das loucas amantes do Regente antes de assentar e casar com um grande senhor muito bem abonado: Louis-Christophe de La Rochefoucauld de Lascaris d'Urfé, descendente do célebre autor das *Máximas*. União que não durara muito, pois, em 1734, a bela Jeanne viu-se, simultaneamente, viúva e riquíssima.

Achando que era altura de aproveitar a vida à sua vontade, Jeanne de Urfé resolveu então não voltar a casar, como muitos o pretendiam, para se consagrar totalmente aos estudos esotéricos que a apaixonavam; estes estudos consistiam, sobretudo, na compra maciça de enormes quantidades de livros cabalísticos e na instalação, no seu soberbo palácio do Cais dos Teatinos (actual Cais Voltaire), de um laboratório de alquimia que teria encantado até o próprio doutor Fausto.

Senhores da Noite

Este género de estudos fora popularizado pelo conde de Saint-Germain, e a Madame d'Urfé poderia ter passado quase despercebida entre todos os aprendizes de feiticeiro da alta sociedade se as suas manias pessoais não a tivessem destacado claramente dos demais. Usava sempre ao pescoço, à guisa de colar, uma grossa pedra de íman, que supostamente a protegeria de todas as surpresas da vida.

Surpresa foi sobretudo para Giacomo, quando, apresentado à dama pelo jovem sobrinho desta, o conde de La Tour d'Auvergne, ouviu Madame d'Urfé declarar-lhe muito calmamente, após alguns minutos de conversa banal, que todos os seus estudos tinham como objectivo principal recuperar a juventude, mas tornando-se um homem.

– Um homem? – disse ele, espantado. – Porquê um homem?

– Porque toda a força vem do homem, princípio do qual a mulher é apenas uma parcela. Veja-se o Génesis, meu amigo! – disse docemente a dama. – Só o homem tem o poder de alcançar os cumes mais elevados. Sei-o de fonte segura!

Aquilo que Giacomo sabia bem era que nunca se devia contrariar os loucos. Por outro lado, nesta mulher coberta de ouro e jóias, pressentia uma abundante fonte de rendimentos fáceis para um homem habilidoso. Algo que Giacomo se vangloriava de ser. Esta velha louca estava obcecada pelo seu grande número mágico.

– Para saber tantas coisas, Madame – disse ele, baixando a voz vários tons e derramando sobre a sua interlocutora o magnetismo, este bem real, do seu olhar –, deveis ser... uma iniciada? Terei eu a imensa felicidade de ter encontrado finalmente aqui uma irmã espiritual?

O brilho nos olhos da marquesa mostrou-lhe que tocara no ponto sensível.

Goulenoire e Semíramis

– Haveis adivinhado – murmurou ela –, e estou muito feliz por vos conhecer. O meu sobrinho disse-me que haveis conquistado o grau de mestre dos Rosa-Cruz.

Com prontidão, a mão de Casanova pousou na da dama e apertou-a de forma significativa.

– Chiu! São palavras perigosas... mesmo para uma iniciada. Não sabeis que este salão é um lugar impuro?

Impressionada, desculpou-se humildemente e suplicou ao «Mestre» que se dignasse visitá-la no seu palácio, de modo a poder exprimir-se livremente diante dele e para que Giacomo lhe dispensasse os seus preciosos ensinamentos. Naturalmente, Casanova aceitou, com toda a majestade desejável, esta visita «de amizade».

«Se tivesse podido esclarecê-la», escreverá ele na suas *Memórias*, «penso que teria tentado. Mas eu estava, desde o primeiro dia, convencido de que a sua presunção era incurável. Por isso, achei que o melhor a fazer era apoiar-lhe a loucura e lucrar com isso...»

É a isto que se chama exprimir-se claramente.

Introduzido no laboratório do cais dos Teatinos, o «Mestre» reparou logo numa grande retorta que estava ao lume num fogão, vigiada por uma velha surda.

– É um pó de projecção que está aqui a cozer há quinze anos e deve continuar a cozer mais quatro ou cinco anos – informou-o orgulhosamente a anfitria. – A criada que aqui vedes está especialmente encarregada da manutenção do fogo. Ao fim dos vinte anos, o pó terá a propriedade de transmutar em ouro todos os metais em que tocar. Mas isto não é o mais importante da minha obra.

Olhando assombrado para o pote de mercúrio a calcinar lentamente e para a sua estranha vestal, Casanova ouvia, com toda a seriedade exigida a um Rosa-Cruz, as explicações da marquesa sobre as suas esperanças de, um dia, conseguir transmutar-se ela própria num belo jovem. O que não a impediu, depois das explicações, de lhe perguntar se ele podia ajudá-la.

Casanova não respondeu. Limitou-se a acenar seriamente com a cabeça, como homem encerrado em pensamentos profundos, e depois, como ela o pressentia, recusou firmemente dizer mais nesse dia, declarando apenas que o assunto era de tal importância que tinha de reflectir bastante e na mais completa tranquilidade de espírito.

Reflectiu assim durante três bons meses, ao mesmo tempo que avançava agradavelmente os assuntos com Manon, que, louca por ele, pressionava-o para anunciar o noivado. Por seu lado, Madame d'Urfé, esperançosa até ao delírio, incubava literalmente o «querido Mestre», oferecendo-lhe continuamente ricos presentes, decerto para lhe estimular as doutas reflexões. Por fim, Casanova consentiu dar-lhe o seu veredicto.

– Não me queira mal por tão longa hesitação – disse-lhe ele, finalmente. – Deve-se inteiramente à afeição que tenho por vós.

– Não compreendo. Se me amais, meu amigo, só podeis desejar ajudar-me a realizar o meu desígnio.

– Desejo-o por vós, seguramente, e tanto mais que possuo todos os poderes necessários. Vede que sou franco. Mas sê-lo-ei até ao fim: tenho medo. Pessoalmente, sei-o, mas tenho medo.

– De quê, meu Deus?

– De vos perder, minha doce amiga. Compreendei que, para vos transformar num rapaz, terei de vos fazer desaparecer daquilo que sois hoje. É uma ideia que não suporto.

Lisonjeada, Madame d'Urfé riu.

– Desde que eu a suporte bem, não deveis atormentar-vos. Há muito que sei que a minha forma actual deve desaparecer para dar lugar àquela que escolhi. Está na ordem das coisas...

Goulenoire e Semíramis

Com mulher tão determinada, não era realmente necessário ser muito delicado. Após muitos suspiros e reticências, Casanova revelou então o segredo da admirável operação mágica indispensável à realização dos sonhos da amiga.

— O segredo — disse ele — é fazer passar a vossa alma para o corpo de uma criança masculina nascida do meu acasalamento com uma virgem de natureza divina, que teremos de procurar. Já não serei eu mesmo, mas a encarnação do mago Goulenoire, que é, aliás, o meu nome cabalístico. Quanto a vós, deveis estar presente no momento do nascimento da criança, com a vossa própria identidade cabalística...

— Sempre pensei que eu era a reencarnação de Semíramis, e esse é o nome que escolhi.

— Fantástico! Agarrareis a criança nos braços no momento do seu nascimento e conservá-la-eis junto de vós, na vossa própria cama, durante sete dias e sete noites. Ao fim deste período, fareis passar o vosso fôlego para a criança, mantendo a boca colada à dele e começareis logo a desaparecer suavemente, enquanto a vossa alma irá habitar o corpo dessa criança, que, naturalmente, ficará comigo até à idade adulta.

Qualquer mulher com um pingo de juízo desconfiaria face a um projecto tão insólito quanto pouco recreativo, mas a marquesa achou o processo admirável e pressionou o seu querido Goulenoire a executá-lo o mais depressa possível.

É claro que, para o audacioso aventureiro, esta credulidade extraordinária era uma oportunidade rara, pois os preparativos para a memorável «transmutação de almas» deveriam ser muito demorados e dispendiosos. Mas, decidida como estava, Madame d'Urfé estava pronta para tudo, inclusive para abrir os cordões à bolsa. Levou a amizade ao ponto de arranjar outra financiadora ao admirável Goulenoire, na pessoa de uma das suas amigas, a condessa do Rumain, que, sofrendo de inúmeras maleitas físicas mais ou menos imaginárias, era alvo dos melhores cuidados do grande homem.

No entanto, um drama veio enlutar a agradável casa da Rua de Richelieu que servia de refúgio ao mago de ocasião: Sylvia Baletti morreu a 16 de Setembro de 1758, tísica em último grau. Tal como os outros membros de uma família na qual se integrara completamente, Casanova chorou do fundo do coração esta mulher boa e encantadora que tanto o ajudara. No seu leito de morte, jurou-lhe que tomaria conta de Manon e que até a desposaria, mas sem precisar a data, pois, na verdade, não se sentia muito atraído pela ideia do casamento. Ainda que sinceramente apaixonado pela adorável Manon, era suficientemente lúcido para compreender que nunca poderia resignar-se a uma só mulher quando o mundo lhe oferecia sempre outras novas.

Alguns dias depois, partiu em viagem à Holanda, enviado por Choiseul, que lhe confiara uma missão financeira secreta. Ao mesmo tempo, levava alguns títulos que Semíramis lhe confiara. Apesar do seu famoso pó de projecção, que levaria ainda cinco anos a cozer, a marquesa, porém, não perdia de vista os interesses financeiros.

– Há lá muitos iniciados – disse-lhe Casanova antes de subir para o carro. – Vou consultá-los para saber se têm conhecimento desta virgem divina sem a qual nada é possível.

Partiu então, deixando a Manon lamentações tão vivas que não pôde evitar descrevê-las por carta.

«Se soubésseis como chorei, meu querido amigo. Receio que me achásseis tão feia que deixaríeis de me amar! Vossa mulherzinha, sim, vossa mulherzinha que se guarda completamente para vós!»

Casanova, em todo o caso, não se guardava «completamente» para ela. Por ora bem provido de dinheiro, frequentou as raparigas, as casas de jogo e os teatros, que continuavam a exercer sobre ele a antiga atracção.

Goulenoire e Semíramis

Certa noite, entre os artistas de um concerto, reconheceu a sua antiga amante, Tereza Imer. Muito mudada, aliás, pois sofrera alguns desgostos, devidos a uma honestidade que não era das mais escrupulosas e que, entre outros dissabores, lhe valera em França uma estadia na prisão do Fort-l'Évêque. Quando às suas relações com o margrave de Bayreuth, não passavam agora de uma recordação longínqua.

Tereza chorou bastante ao ombro de Giacomo. Tinha grandes problemas, sobretudo por causa das crianças que arrastava consigo: uma pequena Sophie de cinco anos, alegadamente filha de Casanova, e um rapaz de doze, Joseph Pompeati, que ela tivera do bailarino Pompeati e do qual não sabia o que fazer.

Comovido, Giacomo propôs tomar conta da filha, mas Tereza recusou: ela era o que tinha de mais querido.

– Preferia que te ocupasses de Joseph. Está em Roterdão... onde tive de o deixar como garantia de uma dívida. Se pudesses ir buscá-lo, tomar conta dele...

Esta tarefa não atraía muito Casanova, mas Tereza chorava com tanta convicção que ele acabou por enternecer-se e partir para Roterdão «resgatar» o rebento do bailarino.

Ora, o garoto, embora tivesse todas as qualidades dos patifórios mais completos, era de uma rara beleza: um anjo na terra. Isto deu muito que pensar a Giacomo, em quem acabara de germinar uma ideia: iria apresentar o miúdo a Madame d'Urfé como tendo, justamente, nascido do acasalamento de uma virgem divina com um mortal. Um verdadeiro achado!

Então, terminada a sua missão, regressou alegremente a Paris, ladeado pelo jovem Joseph, despojado do seu nome inglório de Pompeati e investido do nome infinitamente mais reluzente de conde de Aranda.

VIII
Giustiniana

A chegada do jovem «conde de Aranda» ao palácio da Rua dos Teatinos mergulhou Madame d'Urfé numa espécie de delírio: nunca vira criança tão bela, tão encantadora, tão passível de encarnar totalmente o ideal masculino no qual ela desejava renascer.

– Deve haver – disse ela ao seu querido «Goulenoire» – uma forma de fazer passar a minha alma para o corpo deste rapaz. Vou pensar nisso e, entretanto, educamo-lo como deve ser. Se não conseguirmos, tereis assim tempo para encontrar a «virgem divina».

Naturalmente, Casanova aplaudiu de forma entusiástica. Isso permitir-lhe-ia continuar a viver agradavelmente aproveitando a generosidade da boa marquesa.

No que respeitava a Manon, o regresso de Giacomo a Paris fora, aliás, um pouco decepcionante: a rapariga recebera-o com manifestações de carinho, mas totalmente platónicas. Com efeito, a jovem Baletti, dando mostras de inteligência e muito desejosa de se casar, resolvera fazer-se cara: para ele, seria como um anel de casamento. Este era o seu cândido ultimato.

Senhores da Noite

Com Casanova, tratava-se de uma má ideia. Se uma mulher se recusava a satisfazer-lhe o desejo quando este se manifestava, ficava aflito e, sem demora, ia procurar uma presa mais complacente. Mas, neste caso concreto, beijou Manon na testa, deu-lhe garantias do seu profundo amor e do forte desejo de a ter por esposa, e depois saiu à pressa para se encontrar com uma rapariga muito bela, modelo de pintor, a quem ele chamava «a bela estátua».

A estátua em questão proporcionou-lhe algumas noites bastante agradáveis até que, certa noite, viu, num camarote da Ópera, uma criatura admirável, vestida à última moda e literalmente radiante de beleza, uma criatura que reconheceu com um palpitar de coração.

– Giustiniana! Giustiniana Wynne! Que faz ela aqui?

Esta bela criatura, já a conhecera, quando menina, em Pádua, e depois, mais crescida, em Veneza, onde ela tivera uma ardente história de amor com um jovem patrício amigo de Giacomo, Andrea Memmo; um amor tão ardente que nem se apercebera do efeito fulminante que a sua beleza produzira sobre Giacomo.

Filha de uma bela grega e de um baronete inglês, Giustiniana era daquelas mulheres que não deixavam um homem indiferente. Apesar da amizade que o ligava a Memmo, Giacomo teria feito certamente qualquer coisa para se apoderar da deslumbrante criatura quando, de súbito, Giustiniana deixou Veneza e foi para Inglaterra, levada por uma mãe que achara por bem afastá-la de um certo cônsul inglês, Smith, também ele enamorado da filha e a quem tivera a imprudência de a prometer no mesmo momento em que a adorável Giustiniana se tornava amante de Memmo.

Depressa descobrira que tinha assuntos importantes a tratar em Inglaterra, preferindo deixar o ofendido cônsul acalmar-se como quisesse.

Giustiniana

Ora, em Paris, estas damas tinham travado conhecimento com um financeiro chamado Le Riche de la Popelinière, nome conveniente, pois era podre de rico e, além disso, viúvo de longa data. Este homem bravo e generoso enamorara-se da bela Giustiniana e esforçava-se para a convencer a casar consigo. Embora se esforçasse arduamente, era muito pouco dotado para os jogos sedutores, mas bastante fatigantes, do Amor e contava com a deslumbrante beleza da jovem para recuperar alguma bravura.

Casanova, obviamente, só saberia isto mais tarde. Nessa noite, limitou-se a ir ao camarote cumprimentar as damas e La Popelinière, que as escoltava. Receberam-no como um velho amigo, principalmente a jovem, que lhe manifestou o carinho daqueles que, de uma maneira ou de outra, estiveram envolvidos numa estimada aventura amorosa. No fim do espectáculo, Giacomo foi autorizado a acompanhar as amigas aos seus aposentos parisienses, no Hotel de Bretagne, Rua de Saint-André-des-Arts.

Nos dias que se seguiram, com a bênção da Sra. Wynne, Casanova fez-se acompanhante de Giustiniana, que continuava a tratá-lo como irmão mais velho, o que não lhe agradava muito. Foi assim que, tendo certa noite conduzido a bela ao baile da Ópera, não se conteve mais e fez, na carruagem que os trazia de volta, a confissão incendiária da sua paixão.

— Nunca amei uma mulher da mesma maneira como vos amo! — exclamou ele com sinceridade. — Farei qualquer coisa por vós. Tudo o que quiserdes, obtereis de mim, se quiserdes apenas amar-me um pouco, só um pouco...

— Mas amo-vos muito, Giacomo. Só que não sou senhora de mim... Preciso de tempo. Por agora, tenho grandes preocupações que só se podem confiar a um amigo. Quereis ser esse amigo e estaríeis pronto a ajudar-me?

Senhores da Noite

— Juro-o, por tudo o que tenho de mais sagrado! Ponde-me à prova, e vereis.

— Muito bem. Vou, com efeito, pôr-vos à prova. Vinde ver-me amanhã em minha casa. Dir-vos-ei o que espero de vós.

Nessa noite, Giustiniana não lhe disse mais nada, mas, de madrugada, Giacomo recebeu um bilhetinho muito mais esclarecedor.

«São duas horas da manhã. Preciso de descansar, mas o fardo que me oprime não me deixa dormir. O segredo que vos confio, meu amigo, deixará de ser um fardo para mim quando o tiver deposto no vosso seio. Ficarei aliviada logo que dele ficardes depositário. Decidi escrever-vos porque sinto que seria impossível contá-lo em voz alta...»

Giustiniana diz-lhe então, simplesmente, que está grávida do seu amigo Memmo.

A notícia provocou algum choque em Giacomo, mas estava já demasiado apaixonado para não tentar o impossível de modo a libertar a bela amiga e garantir assim um reconhecimento pleno de doçuras.

Logo de manhã, Giacomo correu para o Hotel de Bretagne, onde encontrou Giustiniana, que se preparava para ir à missa, acompanhada da sua camareira. Seguiu-lhes as pisadas, assistiu à missa e, à saída, mandou a camareira ficar de vigia enquanto puxava a jovem para dentro do claustro da igreja a fim de com ela entabular uma conversa muito pouco edificante num lugar sagrado.

— Não me desprezais? — murmurou Giustiniana, erguendo para ele os olhos lavados em lágrimas.

— Que ideia! Adoro-vos. Consolai-vos, depressa encontraremos remédio para os vossos males.

— Ponho-me inteiramente nas vossas mãos. No entanto, só há uma solução: tenho de abortar.

– Mas... isso seria um crime! – exclamou virtuosamente Giacomo.

– Sim, eu sei. Contudo, não é mais grave do que o suicídio, e matar-me-ei, juro, se não sair desta situação horrível. Saiba que o senhor de la Popelinière fez um pedido oficial à minha mãe e pretende obter-me a nacionalidade francesa.

– A vossa mãe não sabe de nada?

– Ela? Meu Deus, matar-me-ia!

Disso, dados os antecedentes da dama, Casanova duvidava bastante, mas não se discute com uma jovem desesperada, sobretudo quando se está por ela apaixonado.

– Confiai em mim, farei o meu melhor.

No dia 27 de Fevereiro de 1759 realizava-se o último baile da Ópera. Casanova e Giustiniana foram mascarados, o que lhes permitiu saírem do teatro sem serem notados e irem discretamente a casa de uma certa Rose Castès, parteira, que estivera internada na Salpêtrière e morava na Rua des Cordeliers, no bairro de Saint-Sulpice.

A mulher examinou Giustiniana e depois anunciou o seu veredicto.

– Está grávida de seis meses – disse ela num tom arrogante. – Nesta altura é perigoso, tanto para ela como para mim: custará quarenta luízes!

Fosse pela quantia, fosse pelo receio de ver a amada morrer nas mãos de Castès, o facto é que Casanova lhe deu dois luízes, assegurou-lhe que iria pensar no assunto e levou Giustiniana, que tivera a sábia precaução de não retirar a máscara.

A jovem estava tão triste à partida como à chegada.

– Não importa o perigo. Tenho de o fazer...

– Eu oponho-me! Deve haver outra solução. Dai-me uns dias para pensar nisso e dormi tranquila.

Mas quis o azar que, dois dias depois, enquanto se passeava tranquilamente pelo Cours-la-Reine, se cruzasse com Rose

Senhores da Noite

Castès, que se passeava também, na companhia de um homem que Casanova conhecia: um certo marquês de Castelbajac, que gozava de muito má reputação. E pelo modo como a mulher o olhou, Giacomo percebeu que ela o reconhecera. Sentiu então alguma inquietação.

Inquietação essa, aliás, muito justificada. Reunindo os seus espíritos brilhantes, a mulher e o marquês acabaram por descobrir a identidade de Giustiniana, souberam do noivado com La Popelinière e foram hipocritamente avisar os herdeiros do financeiro, que, muito naturalmente, desesperavam por ver a sua galinha dos ovos de ouro prestes a casar-se com uma pessoa jovem e bonita, muito capaz de lhe dar filhos... ainda que já não tivesse idade para isso! Sobretudo se não tinha idade para isso...

Bem recompensadas, estas duas honestas pessoas foram depois procurar o tenente da polícia e denunciaram o «senhor Cazenove, que mora na Rua do Petit-Lion-Saint-Sauveur, no segundo andar», como tendo feito propostas criminosas a Castès.

Convocado por um comissário da polícia, Casanova empertigou-se, indignou-se, exigiu um inquérito sobre os denunciantes e pôs em acção as suas influentes relações. Livrou-se facilmente de problemas, mas os dois biltres, decididamente cheios de iniciativa, tinham também falado com La Popelinière, que, ligeiramente surpreendido, suplicou à noiva que se deixasse examinar pelo seu médico particular, que se limitaria, aliás, a «pôr-lhe a mão no ventre» com toda a delicadeza.

– É ele quem nos ajudará – disse Casanova, que não perdera tempo. – Deixai-vos examinar por esse homem. Eu encarrego-me de dirigir as suas conclusões no sentido que nos convém. Depois, mostrai-vos mortalmente ofendida e preparai-vos para seguir-me.

Giustiniana

– Seguir-vos aonde?
– Vereis. Eu trato de tudo.

Com efeito, depois de ter remexido a saia de balão de Giustiniana, o médico jurou ao patrão que tudo aquilo não passava de calúnias vis e que Giustiniana era tão inocente quanto um cordeiro acabado de nascer. Rapidamente, arrependido, La Popelinière apressou o casamento, enquanto que a sua família assediava a pobre noiva com cartas anónimas e ameaças de morte. Mais morta que viva, esta suplicou a Casanova que se despachasse.

– Está tudo pronto! – disse-lhe ele na noite de 4 de Abril. – Amanhã levo-vos. Deixareis uma carta dizendo que ireis esconder-vos para escapar ao casamento com um homem que vos ofendeu gravemente, e que proibis que vos procurem. Escrevei outra a vossa mãe, para a informar de que morreis de medo de ser envenenada pelos herdeiros e que lhe suplicais que renuncie a esse casamento.

Giustiniana estava tão feliz que, esquecendo o seu estado, caiu nos braços do seu salvador e lhe ofereceu a única recompensa que lhe podia ser realmente agradável.

No dia seguinte, às seis e meia da manhã, a jovem saiu de casa, dirigiu-se à igreja, que abandonou por uma porta lateral e apanhou um carro que a levou a outra igreja, da qual saiu da mesma forma. Saltou depois para outro carro, que a conduziu à porta de Santo António. Aqui, esperava-a um terceiro carro, no qual se encontrava Giacomo. Os dois partiram então a grande velocidade para um certo convento de Beneditinos perto de Conflans, onde Giustiniana era esperada.

Era às suas duas excelentes amigas, a marquesa d'Urfé e a condessa do Rumain, que Giacomo devia esta espécie de milagre. Madame do Rumain contactara a abadessa, que pertencia, aliás, à nobre família de Mérinville e se prestara a oferecer asilo à ovelha tresmalhada. Uma irmã conversa encarregar-se-ia do parto e o convento ocupar-se-ia da criança, enquanto que a mãe, provida de um soberbo atestado, poderia enfrentar de cabeça erguida La Popelinière e toda a sua tribo.

Giustiniana chorou de alegria ao deixar Giacomo e jurou-lhe reconhecimento eterno. Em seguida, foi esperar tranquilamente a chegada da criança no seu agradável convento.

Mas Casanova ainda não chegara ao fim dos seus trabalhos, pois, quando se apresentou inocentemente, como fazia todos os dias, no Hotel de Bretagne, ouviu da parte de Sra. Wynne uma chuva de críticas tão violentas que as achou incompatíveis com a sua dignidade.

— Não tenho, que eu saiba, Madame, a guarda de vossa filha. Se ela fugiu, nada tenho a ver com isso e não posso ser responsável.

— É o que veremos! Digo-vos que a haveis levado e escondido para a impedir de fazer um belo casamento. Julgáveis que não reparei nos vossos olhares enamorados?

Palavra puxa palavra, e Casanova, indignado, deixou a casa, enquanto que a Sra. Wynne, não menos indignada, foi queixar-se ao embaixador de Veneza e ao tenente da polícia Sartine.

Avisado, o nosso herói acusou, por sua vez, Castès e Castelbajac de difamação e, em seguida, manifestou a sua indignação em casa de Madame do Rumain, que tinha excelentes relações com Sartine, a quem, secretamente, confiou a derradeira versão da história, inocentando totalmente Casanova, que «agira assim como verdadeiro cavalheiro, visto que a criança a nascer nem sequer era dele...».

Deste modo, foram Castès e Castelbajac que pagaram a irritação oficial: considerados culpados de chantagem e extorsão de fundos, foram detidos para reflectirem durante algum tempo, ela na prisão do Grand Châtelet e ele na de Bicêtre.

As coisas pareciam estar a correr bem e Casanova pôde respirar um pouco.

Perto do fim de Maio, a abadessa de Conflans fez saber a Madame do Rumain que o parto correra bem e que a criança, um belo rapaz, fora confiada a boas pessoas que tratariam bem dele. A 23 de Maio, Giustiniana disse à mãe onde era o seu refúgio.

Seriamente preocupada, a Sra. Wynne acorreu, escoltada por La Popelinière, feliz e arrependido, e por um notário, que redigiu, segundo as declarações da abadessa, um acto atestando o dia em que Giustiniana pedira asilo no convento, o facto de ela não ter recebido qualquer visita, de nunca dali ter saído e, por fim, de ela só ter procurado refúgio no convento para escapar às vinganças de que a ameaçavam caso cometesse a loucura de desposar o financeiro. E foi de cabeça erguida que deixou Conflans, com uma reputação muito convenientemente restaurada.

Mas as conclusões que a rapariga, agora de beleza deslumbrante, retirou da sua aventura não eram nada aquelas que se podiam esperar. De uma assentada, decepcionaram todos os seus conhecidos.

À mãe, Giustiniana declarou que nunca casaria com um velho louco que não tinha qualquer confiança nela e se mostrava incapaz de a proteger das investidas da sua família.

A La Popelinière, disse que a família dele era capaz de tudo, até de um crime, para o impedir de ser feliz, e que não pretendia morrer na flor da idade pelo único e duvidoso prazer de o desposar, o que o fez pensar morrer de raiva. Logo de seguida, La Popelinière foi desposar uma bonita cantora de Tolosa, que ele mantinha em reserva, só para atormentar os sobrinhos.

Senhores da Noite

A Casanova, por último, a quem jurara, porém, reconhecimento e amor eternos, a bonita Giustiniana disse qualquer coisa como isto:

– Sois um homem encantador, mas não vos amo nem nunca vos amei. Aquele que sempre amei é Andrea, e é para ele que quero voltar. Agradeço-vos a ajuda. Não esquecerei aquilo que haveis feito por mim e espero que fiquemos amigos.

O nosso sedutor sentiu o chão a fugir-lhe dos pés. Nunca mulher alguma lhe pregara partida semelhante. Vingar-se-ia dela de forma pouco elegante, convencendo Choiseul a sugerir à Sra. Wynne e à «sua família» que tinham ordem para deixarem a França. E, depois, pensou noutra coisa.

Precisamente, Madame de Urfé pressionava-o para voltar à sua demanda da virgem divina. O jovem conde de Aranda fazia das suas no colégio, e a boa marquesa começara a duvidar se a sua alma infinitamente pura poderia passar realmente para o corpo de tal gaiato.

– Suplico-vos, meu caro Goulenoire, que envideis todos os esforços para que tenhamos sucesso. Devereis, sem demora, engendrar a criança divina que acolherá o meu ânimo para que eu renasça no corpo de um adolescente... Conto convosco.

Também ela? Pois bem, teria o queria pelo seu dinheiro. Além disso, era algo de que Casanova começava a ter grande necessidade.

IX

Uma famosa caldeirada

No entanto, a «regeneração» de Madame d'Urfé teria de esperar ainda algum tempo, pois, logo que foi abandonado pela ingrata Giustiniana, Casanova viu-se enfiado na prisão por causa de uma miríade de coisas muito desagradáveis, como falsificação, utilização de documentos falsos, burla, batota ao jogo, etc.

É que, temos de o reconhecer, com o coração partido, Giacomo, para arranjar o ouro de que tanto precisava, entregara-se a todo o tipo de estranhas actividades. Por muito generosa que fosse, Madame d'Urfé não podia sustentar um vício que se tornara exorbitante. Tinha então de arranjar algum dinheiro.

Foi assim que, estando a química na moda, o inventivo personagem não encontrou nada melhor do que instalar no recinto do Templo, esse paraíso de devedores insolventes e cavaleiros de indústria, uma fábrica de tecidos impressos. Esta fábrica imprimia muito pouca coisa, mas, em contrapartida, empregava uma colecção de jovens e bonitas operárias pouco respeitáveis, cujos encantos e talentos amorosos Casanova vendia bem caro.

Senhores da Noite

Poderia ter feito boa fortuna com esta profissão pouco honrada, não fosse ele sempre levado ao extremo pelo velho demónio do jogo. Todo o dinheiro que «ganhava» era gasto numa casa de jogo da Rua Christine, propriedade de uma certa Angélique Lambertini, mais chefe de bando do que comerciante honesta. A sua casa, bem conhecida da polícia, recebia tanto patifes como jogadores. Fazia também de receptadora e chegava, por vezes, a empregar os clientes em dificuldade em pequenos trabalhos de encobrimento. Certo dia, Casanova foi parar ao gabinete do tenente da polícia.

Não foi a única. Diz-se que tinha jogado, perdera e não pagara. Ou então, fora apanhado em flagrante delito de fraude. Uma falsa letra de câmbio de 2400 libras, emitida por um certo barão de la Morenne, acabou com a paciência da polícia e, num belo dia de Agosto de 1759, Casanova viu-se na palha húmida do Forte l'Évêque.

Graças aos seus anjos tutelares habituais, não ficou detido por muito tempo. Madame do Rumain conseguiu-lhe a libertação, Madame d'Urfé pagou-lhe as dívidas e arranjou-lhe uma missão junto do embaixador de França nos Países Baixos, pois era melhor mantê-lo afastado, pelo menos durante algum tempo.

— Ver-nos-emos em breve, meu querido menino — disse-lhe Semíramis. — Velaremos para que se esqueçam das vossas garotices. Recolhei-vos durante algum tempo e viajai um pouco. Talvez encontreis finalmente a tal virgem divina de que tanto precisamos.

Casanova jurou tudo o que queriam e apressou-se a ir embora, não sem antes ter dirigido despedidas emocionadas a Manon Baletti, tão emocionadas que, definitivamente esclarecida sobre o seu amado, a rapariga devolveu-lhe as cartas e deu-lhe a entender que tinha a intenção de se casar.

Uma famosa caldeirada

A notícia afectou Giacomo mais do que o queria admitir. Era, com Giustiniana, a segunda mulher que o deixava. Estaria o seu encanto a diminuir? Seria menos belo, menos sedutor? Seria já o peso da idade?

Talvez. Mas era sobretudo a sorte que começava a abandoná-lo, pois, nos meses que se seguiram, efectuou uma viagem extenuante através da Holanda, Alemanha, Suíça e Itália, em que, a cada etapa, encontrava o mesmo cenário: a entrada em cena era brilhante, e depois aparecia uma mulher. Casanova lançava-se numa aventura e, para deslumbrar a sua conquista, recomeçava a jogar, a fazer batota ou a entregar-se aos seus truques de charlatão. Tinha então de esgueirar-se discretamente para escapar aos problemas.

Visitou assim Amesterdão, Colónia, onde um romance com a mulher do burgomestre quase lhe custou a vida, e depois Francoforte e Estugarda, onde, numa estalagem, se deixou roubar por três oficiais mais intrujões que ele. Esteve em Einsiedeln, onde, desgostoso, chegou a pensar tornar-se monge, e depois em Berna, que lhe agradou sobremaneira, por causa de certos banhos nas margens do Aar, onde os banhistas eram servidos por bonitas criaturas que não viam qualquer inconveniente em tomar um «banhinho rápido» com os clientes.

Foi aqui que, após ter reflectido seriamente, Giacomo resolveu mudar de nome. Casanova, na verdade, começava a ser demasiado conhecido, e sobretudo demasiado desfavoravelmente conhecido. Escolheu o nome de «cavaleiro de Seingalt», inspirado certamente no cantão de Saint-Gall. O nome pareceu-lhe soar bem e, em todo o caso, era mais harmonioso do que o seu nome cabalístico de Goulenoire.

A este respeito, aliás, deu uma resposta espantosa a um magistrado alemão que lhe perguntava severamente com que direito usava aquele nome se não era o seu.

Senhores da Noite

«O direito que me dá o alfabeto, que pertence a qualquer homem que saiba ler. E vós mesmo, a que título usais o vosso? O vosso avô ou bisavô, não importa, escolheu oito ou dez letras cuja reunião forma um som bárbaro que me rompe os ouvidos. Eu escolhi oito, cujo som me agrada. Que tendes a dizer disso?»

Nada, aparentemente, visto que Casanova continuou tranquilamente a usar esse nome que achava tão adequado.

A Suíça foi bastante proveitosa para o cavaleiro de Seingalt. Chegou a ser recebido em Ferney, na casa de Voltaire, com quem arranjou maneira de discutir, dando-lhe a entender que as suas obras não valiam grande coisa e que a sua *Henríada* era muito inferior à *Jerusalém Libertada* de Tasso e que a sua *Donzela* era pior do que a de Ariosto. Como o patriarca de Ferney não gostava muito das críticas, o «cidadão do mundo» de um novo género foi delicadamente convidado a ir apresentar as suas ideias noutro sítio.

Regressou a França e foi para Grenoble, onde conheceu uma soberba criatura, Anne Romans. Para atrair os seus favores, fez-lhe o horóscopo e previu que ela se tornaria amante do rei. Mas se esperava doce recompensa por esta brilhante previsão, enganava-se redondamente: a bela levou-a à letra, agradeceu-lhe calorosamente, mas deu-lhe a entender que agora era impossível para ela entregar-se a outro homem que não a Sua Majestade. Depois, fez as malas e partiu para Paris, onde a sua irmã tinha uma célebre sala de jogo na Rua Richelieu, e onde, com efeito, se tornou pouco depois amante de Luís XV e lhe deu um filho, o futuro abade de Bourbon, antes de casar com um brigadeiro de cavalaria, o marquês de Cavanac.

De Grenoble, Casanova seguiu para a Provença, esteve em Aix e depois, não se sabe porquê, mas provavelmente por razões maçónicas, foi para a Itália, passando por Florença,

Uma famosa caldeirada

Nápoles e, finalmente, Roma, onde o papa o nomeou Cavaleiro da Espora de Ouro, justificando assim o título que atribuíra a si próprio.

Pode-se então levantar algumas questões acerca deste eterno errante. Casanova era um actor capaz de desempenhar todos os papéis, mas, rosacruciano, franco-mação, espião de Choiseul e de outros, não pertenceria também à poderosa Companhia de Jesus, aliás já ameaçada? De qualquer modo, há uma parte oculta da vida do nosso herói sobre a qual é impossível lançar alguma luz. Seria necessário ter acesso a arquivos ainda ultra-secretos.

A estadia em Roma marcou uma espécie de pausa. Casanova parecia gozar aí de uma nova juventude e, sem se esconder de nada nem de ninguém, apressou-se a voltar a França, onde era esperado por Madame d'Urfé. Há quase dez anos que a boa dama esperava pelo seu milagre pessoal, e ela começava a achar que era tempo de mais.

Foi em triunfo que o «cavaleiro de Seingalt» voltou ao Cais dos Teatinos. Trazia com ele a «virgem divina»? Neste caso, era uma bela bailarina sua amiga, a Corticelli, que ele apresentou à felicíssima Madame de Urfé como uma descendente dos Lascaris, dos quais descendia o próprio falecido marquês de Urfé.

– Estamos prontos – declarou ele à sua velha amiga. – Mas, para resultar, precisamos de um lugar afastado e agradável. Uma coisa assim tão importante não se pode fazer na impura Paris.

Resolveram então reunir-se no Castelo de Pontcarré, residência ancestral da marquesa, situada perto de Tournan.

Com as suas quatro torres ameadas, o castelo tinha um ar altaneiro e a proprietária recebeu aí «o Mestre» e a «virgem divina» com todas as honras devidas ao seu ilustre estatuto.

Ela própria despiu a Corticelli e conduziu-a cerimoniosamente até a uma grande cama com roupas de brocado, onde,

99

pouco depois, Casanova a encontrou e se entregou à concepção da criança destinada a receber o sopro de «Semíramis». Esta, depois de realizado o «sacrifício», iniciou uma espera que duraria normalmente nove meses. Mas, como era natural, a bailarina não tinha vontade nenhuma de ter um filho e, logo que saiu do quarto, fez o que era preciso para tal não acontecer.

Deste modo, ao fim de algumas semanas, o divino Goulenoire, muito transtornado, foi a casa da sua velha amiga para lhe anunciar que «tudo falhara».

A «filha dos Lascaris» tinha sido «corrompida por um génio negro» mesmo antes da sua chegada ao castelo e, já não sendo «virgem nem divina», não podia procriar a criança desejada. Era preciso afastá-la o mais depressa possível, pois arriscava pôr no mundo um gnomo terrível no qual a alma superior da marquesa não teria qualquer prazer em encarnar.

Para consolar Madame d'Urfé, Casanova declarou que o melhor era mudar de lugar e que, se quisessem ter a certeza de ser bem sucedidos, deviam ir para Marselha, onde residia habitualmente um certo génio muito poderoso chamado Quérilith, cuja influência benéfica seria suficiente para afastar qualquer risco de falhanço.

Na verdade, Casanova zangara-se com a Corticelli, que não tinha qualquer vontade de passar dois meses num velho castelo feudal e que, além das manobras desonestas de que se tornara culpada, acabara de fugir com o jovem «conde de Aranda», que Casanova recuperara para a ocasião, na qual tinha desempenhado o papel de mestre de cerimónias e de «modelo». Enfim, o nosso herói achava que ela tinha desempenhado muito mal o papel de «virgem divina», não tendo, evidentemente, qualquer ideia do que poderia ser uma virgem, sobretudo divina.

Uma famosa caldeirada

Era preciso, portanto, começar tudo de novo. Mas como a marquesa voltara a financiar intensivamente as operações, Casanova, no fundo, só via vantagens nisso.

Foram para Marselha. Aqui, no decurso de uma evocação memorável, o génio Quérilith (papel desempenhado por um certo Passano, pintor faminto e versejador de rua) consentiu em manifestar-se no meio de uma grande nuvem de fumo, capaz de esconder todo um esquadrão.

O seu veredicto impressionou positivamente a marquesa: não era necessária qualquer virgem divina. Para obter a criança indispensável, o melhor era ser a própria marquesa a concebê-lo.

Para falar verdade, deve acrescentar-se que o génio Quérilith estava completamente bêbedo quando anunciou esta verdade primária e que, à saída, Casanova administrou-lhe uma sova memorável. Mas o mal estava feito, o vinho estava tirado e era preciso bebê-lo até ao pé, que prometia ser espesso.

Consciencioso, apesar de tudo, Casanova, que voltara a ser Goulenoire, preparou uma sugestiva encenação, com o auxílio de uma rapariga muito bela, inicialmente escolhida para o papel da segunda «virgem divina» e que teve de se contentar com o papel, mais modesto mas também interessante, de «ondina», ou seja, de divindade propiciatória das Águas.

Certa noite, à hora chamada de Orasmasis, que diziam ser a das obras divinas, Casanova, mais Goulenoire que nunca, e a marquesa, que voltara a envergar, com o prazer que se imagina, o seu deleitoso avatar de Semíramis, sentaram-se à mesa para um jantar composto unicamente «de peixes do Mediterrâneo».

Por outras palavras, os dois instalaram-se à volta de uma daquelas fabulosas caldeiradas cujas virtudes roborativas nunca, na memória dos Marselheses, falharam aos seus adeptos...

Senhores da Noite

Terminado o jantar, apareceu a ondina, que, trajando convenientemente um vestido verde comprido agradavelmente transparente, tomou Semíramis pela mão e conduziu-a a uma grande tina cheia de água tépida e perfumada. Depois de a ter despido, ajudou-a a mergulhar na água, antes de prestar a Goulenoire o mesmo serviço afectuoso. Em seguida, levou a consciência profissional ao ponto de despir também o seu vestido verde e de entrar na tina para participar, com os dois esposos místicos, neste banho «ritual» que pouco tinha a ver com o misticismo.

No entanto, entregaram-se em coro a algumas invocações sonoras, após o que saíram todos da água e a ondina conduziu então Semíramis e Goulenoire ao belo leito no fundo do quarto, deitou-os maternalmente e depois puxou sobre eles os lençóis e apagou as velas com um sopro.

Na manhã seguinte, Semíramis d'Urfé, com uma alegria há muito esquecida, saltava para o pescoço do seu esposo místico.

— Nunca fui tão feliz! Meu querido Goulenoire, devo-vos a minha mais bela noite e a minha maior felicidade.

— Não me deveis nada, minha querida alma — sussurrou Casanova, cuja noite, evidentemente, fora muito mais penosa. — Fui apenas o instrumento dos génios, como ordenou Quérilith (que o Diabo o leve!).

— Não importa. Esta noite mudou muitas coisas. Tendes de casar comigo, meu bem-amado, senão, não sei o que acontecerá daqui a nove meses quando der nascimento a mim mesma na forma de um belo rapaz. Conseguimos, tenho a certeza. Essa criança, já a sinto a viver em mim! Temos de nos apressar...

A desgraçada acabara de descobrir, sem de tal se dar conta, o único meio de fazer fugir de si o impudente papa-jantares que ela há muito alimentava. A noite passada já parecera

Uma famosa caldeirada

suficientemente longa a Goulenoire para que a perspectiva de uma série interminável dessas proezas nocturnas o assustasse realmente, mesmo com a agradável perspectiva da fortuna dos Urfé. Com efeito, tinha de se apressar, mas a fugir...

Na verdade, não lhe restava outra solução, pois esquecera--se de contar com o «bom génio» Quérilith. Furioso, indignado e extenuado, apresentando ainda nódoas negras bem visíveis, este foi revelar toda a maquinação à pobre Semíramis, numa cena memorável em que a boa dama não compreendeu grande coisa, a não ser que Quérilith era realmente um génio providencial e Goulenoire um terrível impostor.

Ameaçado com as galés, Casanova deixou Marselha tão depressa quanto o permitiam as pernas do seu cavalo, mas não sem se ter munido de uma substancial «lembrança»: um estojo de belos diamantes que lhe permitiriam subsistir durante algum tempo no outro lado do Mancha. Dirigiu-se então para Londres pelos meios mais directos. Desta feita, acabara-se de vez a França...

Sozinha e bastante desencantada, Madame d'Urfé encontrou apesar de tudo algum consolo na companhia do bom génio Quérilith, que lhe custava ainda mais caro do que Casanova e não sabia comportar-se. Acabou por se livrar dele, mas a sua loucura adquirira um carácter melancólico. Passava o tempo a escrever ao seu antepassado Honoré d'Urfé, pedindo-lhe que a honrasse com os seus conselhos e que não «permitisse que aquela que tem a honra de usar o seu nome fosse enganada e tomasse o preto pelo branco». Mas era, talvez, um pouco tarde e o defunto autor de *l'Astrée* já nada podia fazer por ela. A marquesa morreu poucos anos depois, em 1775...

X
Um túmulo na Boémia...

Entretanto, o eterno errante voltara à estrada. A ronda infernal continuava e, nove anos depois, Casanova iria esbarrar nas fronteiras da Europa, como um pássaro desnorteado nas grades da sua gaiola. A sua vida era apenas uma lista de nomes de cidades, quase todos acompanhados por um nome de mulher.

Em Londres, aonde se refugiara após a aventura de Marselha que quase o enviara para as galés, encontra os nevoeiros de que ele, o homem do Sol, não gosta. Também não aprecia os Ingleses, «caras de papagaio em corpo de quebra-nozes»... e ainda menos o chá!

Mas, nesta cidade, conhece uma mulher, uma cortesã de dezassete anos chamada Charpillon, que irá vingar todas as outras conquistas. É maravilhosamente bela: olhos de um azul celestial, pele de uma brancura radiante, maravilhosos cabelos castanhos claros, um corpo que faria perderem-se todos os santos do paraíso e uma graça infernal cujo arsenal diabólico é usado sobre o sedutor da Europa.

Senhores da Noite

E Casanova apaixona-se, enfeitiçado por esta rapariga, que ele detesta sem, porém, deixar de a desejar apaixonadamente. Charpillon troça dele, entrega-se, repele-o, ridiculariza-o até ao ponto de chegar a pensar, ele, o senhor das mulheres, o carrasco dos corações, em suicidar-se.

O jogo e uma «nobre dama hanoveriana» que lhe «vendeu as filhas» salvam-no por algum tempo, mas só para que a sua queda fosse maior. A idade não tornava Casanova mais honesto nem mais habilidoso. No início de 1764, uma queixa obrigou-o a sair de Londres de forma um tanto precipitada.

Foi para Berlim, onde tentou trabalhar para Frederico, o Grande, que troçou dele e lhe propôs ensinar etiqueta aos seus cadetes da Escola Militar, que eram todos «uns porcos». A proposta não agradou nada ao aventureiro. Depressa renunciou a Berlim, apesar dos encantos um pouco maduros de uma condessa báltica.

Em Mittau(*), onde adquire alguma reputação ao ensinar as novas danças às senhoras da corte do duque regente de Courland, Johann Biren, teve uma aventura com uma bela Francesa amante do embaixador da Polónia. Mas isso não lhe bastava: desejava ser apresentado à imperatriz da Rússia, Catarina II, de quem se dizia que mudava de amante com mais frequência do que de camisa.

Acabou por conseguir uma entrevista de uma hora com a soberana, da qual saiu desiludido. Catarina, a Grande, não fora sensível nem aos seus talentos de cabalista nem ao seu célebre encanto. Encanto este, aliás, que diminuíra consideravelmente por causa da idade e de todo o género de excessos.

Foi depois para Varsóvia, onde reinava Stanislas Poniatowski, cidade acerca da qual lhe haviam dito que era uma pequena

---

(*) Mittau e Courland situavam-se na actual Lituânia (*N.T.*).

Um túmulo na Boémia...

Paris. Casanova bem quis mostrar-se ao rei, mas caiu no meio de uma querela que opunha duas raparigas do teatro: Binetti e Catai.

Por gosto pessoal, tomou partido pela segunda, o que fez com que a primeira, considerando-se insultada, lançasse sobre ele o amante, um temível espadachim, o conde Branicki. Realizou-se um duelo... ganho por Casanova: contra todas as expectativas, tiveram de levar Branicki para casa em muito mau estado. Como se sabe, os desajeitados são mais perigosos do que os mestres.

— Os duelos são proibidos — disse educadamente Branicki ao seu adversário. — Receio que não me haveis matado, e sereis condenado à morte. Salvai-vos, usai os meus cavalos. Se não tendes dinheiro, tomai a minha bolsa!

Já não há cavalheiros assim...

Tinha de deixar Varsóvia. Desta vez, foi para Viena, onde Casanova permaneceu algum tempo, vivendo da bolsa de Branicki e de uma soma bastante apreciável que, no momento da partida, aquele bravo homem do rei Stanislas lhe dera discretamente com desejos de boa viagem.

Mas o dinheiro nunca durava muito na bolsa do aventureiro e, fiel aos seus hábitos, teve de recorrer aos expedientes normais. Isto valeu-lhe uma breve mas desagradável conversa com o chefe da polícia austríaca.

— Está aqui o meu relógio — disse-lhe este. — Olhai-o bem.

— Estou a ver — disse Casanova, que, em todo o caso, não via aonde é que o seu interlocutor queria chegar.

— Muito bem. Se amanhã à mesma hora ainda estiverdes em Viena, mandarei conduzir-vos à força para fora da cidade.

Desesperado, Casanova tentou ganhar tempo. Escreveu logo uma carta suplicante à imperatriz Maria Teresa, entregue por uma sua amiga bem colocada no palácio, mas não conseguiu ganhar mais do que oito dias, ao fim dos quais teve de voltar a subir para a mala-posta, não sem pesar, pois a Primavera vienense tinha grande encanto. Foi então que o eterno errante começou a pensar em fixar-se. As suas articulações enferrujavam lentamente e as estradas trilhadas não faziam muito bem aos reumatismos.

Uma cidade termal parecia-lhe indicada para a saúde: partiu para Spa, aonde se juntava uma multidão cosmopolita e se jogava forte.

Foi aqui que encontrou um compatriota, um certo Croce, que, queimado em Spa, visto que era também um centro de casas de jogo, lhe cedeu a amiga, uma bela rapariga chamada Charlotte Lamothe, de quem Casanova se enamorou docilmente, mas que estava grávida desse Croce, que ela amava acima de tudo.

Com Charlotte, Casanova teve a experiência dos amores platónicos. Estava novamente apaixonado e, para lhe agradar, que tinha saudades de casa, cometeu a loucura de voltar a França para levar a bela a Paris.

Escapou por pouco à Bastilha, para onde o sobrinho da marquesa d'Urfé queria enviá-lo com uma ordem de prisão. A eternamente boa Madame du Rumain salvou-o mais uma vez: a ordem de prisão foi revogada, mas, no dia 15 de Novembro de 1767, Casanova recebia um passaporte para Espanha. Teve de se despedir de Charlotte, que, aliás, já fora substituída.

Em Madrid, teve um romance com a *señorita* Ignazia, filha de uma personagem curiosa, um nobre sapateiro, à qual teve a sorte de agradar. Mas Casanova arranjou maneira de desagradar a um certo Manuzzi, espião do governo e provido de um braço temivelmente comprido. E o desgraçado Giacomo recebeu ordem para deixar Madrid tal como deixara Paris.

É verdade que não foi para muito longe: a ordem só dizia respeito à capital. Em Valência, conheceu uma bela compa-

Um túmulo na Boémia...

triota, Nina Bergonzi, amante do governador da Catalunha, que ele seguiu de imediato até Barcelona. Nesta cidade, o destino reservava-lhe uma daquelas más surpresas do costume.

Não é que na esquina de uma ruela se deparou com o génio Quérilith em pessoa, o terrível Passano, que o denunciara a Madame d'Urfé? O encontro foi de tal modo tumultuoso que Passano, fortemente sovado, jurou vingar-se. Era um homem muito rancoroso: apressou-se a denunciar Casanova por posse de um passaporte falso, e Giacomo viu-se novamente atrás das grades da cidadela.

Só saiu da prisão com a promessa de deixar a cidade no prazo de três dias, promessa esta que teve o cuidado de cumprir.

Foi visto em Perpignon, em Béziers e, depois, em Aix-en-Provence, onde adoeceu e foi tratado por uma misteriosa dama... que não era senão Henriette, a bela Marselhesa, o delicioso amor da sua juventude. Henriette engordara tanto que recusou ferozmente deixar-se ver e desapareceu logo que Giacomo se restabeleceu, deixando-lhe mais um agradável viático.

Casanova conheceu então um casal estranho e sedutor, cuja mulher ainda lhe fez palpitar o coração. O homem chamava-se Joseph Balsamo, a mulher Lorenza, e não tinham tido ainda tempo de se tornarem conde e condessa de Cagliostro.

A aventura durou pouco. Os Balsamo foram para Lisboa e Casanova, saudoso de Veneza, dirigiu-se para Itália. Depois de os ter acompanhado durante parte do caminho, instalou-se em Livorno, onde ofereceu os seus serviços ao conde Alexis Orloff, comandante da esquadra russa. Em vão: Orloff repeliu-o desdenhosamente [3].

---

[3] Orloff tinha outros assuntos a tratar. Estava ali para capturar, da forma mais indigna, uma bela aventureira, a princesa Tarakanova, que se dizia filha da imperatriz Isabel.

Senhores da Noite

Em seguida, foi para Roma, onde permaneceu durante muito tempo, graças ao seu antigo companheiro de pândega, o cardeal-embaixador Bernis, que o protegeu durante todo o tempo que durou a sua embaixada.

Seguiram-se Florença, Bolonha, Trieste e Görlitz. Cada vez mais perto de Veneza, que o atraía como uma amante. Mas era sempre o mesmo cenário: o jogo, as casas de jogo, um escândalo. No entanto, Casanova podia ter esperança de, um dia, ver o fim dos seus dissabores: uns pequenos serviços de espionagem prestados à Sereníssima República permitiram que alguns dos seus amigos pedissem o perdão para Casanova, e obtiveram-no. No dia 10 de Setembro de 1774, Casanova foi informado de que podia agora regressar à cidade natal.

«Estou felicíssimo!», exclamou ele, soluçando. «Nunca o temível tribunal dos Inquisidores de Estado concedeu tão grande graça a um cidadão como aquela que me atribuiu...».

Veneza, que Casanova não via há dezoito anos, não mudara nada. É verdade que os três anciãos tinham morrido, mas muitos dos velhos amigos continuavam lá: Memmo, Buletti e até o seu companheiro de prisão, Balbi, caído na miséria, e Giustiniana, que se tornara condessa Rosenberg, toda ela virtude e devoção.

Casanova foi recebido como o filho pródigo e ofereceram-lhe uma posição, a de «confidente» ou espião ao serviço do Conselho dos Dez.

Tal como Giustiniana, Giacomo depressa se entregou à austeridade e à severidade, denunciando todos aqueles que levavam uma vida desregrada, que ele tanto amara e que agora renegara.

Não podendo viver sem mulher, juntara-se a uma pobre costureira, uma certa Francesca Buschuni, que era atormentada por uma mãe rabugenta e avarenta. Francesca não era muito bela, mas cuidava de Giacomo, remendava-lhe e lava-

Um túmulo na Boémia...

va-lhe a roupa e confeccionava maravilhosamente o seu doce favorito: chocolate quente.

De vez em quando, reencontrava um pouco a glória passada contando as suas viagens em casa de velhos amigos patrícios... e o gosto pelo jogo, quando o mandavam espiar, em Abano, os velhos ricos e as salas de jogo.

A vida poderia ter passado assim, doce e agradável. Mas Casanova era daqueles que desperdiçavam sempre as oportunidades. Envolvido num caso financeiro no qual implicara o seu amigo patrício Grimani, este ficou zangadíssimo, tanto mais que Casanova, imprudentemente, o pusera em causa num venenoso libelo intitulado «Os Estábulos de Áugias».

E, mais uma vez, as portas de Veneza fecharam-se atrás de Casanova.

«Ou não sou feito para Veneza, ou então Veneza não é feita para mim», tentava ele filosofar para esconder o seu pesar e angústia.

É que agora receava o futuro: aproximava-se dos sessenta e a saúde declinava. As viagens longas magoavam-lhe as pernas e as costas. No entanto, tinha de voltar a partir...

Em Janeiro de 1783, depois de ter dito a Francesca que voltaria em breve e de lhe ter dado dinheiro para a renda da casa, embarcou novamente em Mestre rumo a terra firme.

Pensando que o haviam esquecido, tentou retomar a ronda infernal: Viena, Spa, Paris, o tempo apenas para encontrar o seu irmão Francesco, o pintor, que o levou para Viena, onde arranjou trabalho durante algum tempo como secretário do embaixador de Veneza, o conde Foscarini.

Ganhou algum dinheiro e, fiel por uma vez à sua promessa, mandava-o todos os meses a Francesca, até ao dia em que soube que, pressionada pela mãe, ela vendera tudo o ele que possuía, nomeadamente, todos os seus livros.

Senhores da Noite

Foi então que resolveu romper com ela, e também com Veneza.

– Nunca mais lá voltarei – murmurou ele, limpando furiosamente as lágrimas que não conseguia reter.

Mas para onde iria? O embaixador ia-se embora, deixando-o ali...

Contudo, foi em casa do embaixador que encontrou a última oportunidade, na pessoa do conde Waldstein, sobrinho do príncipe de Ligne, que se interessava profundamente pela magia e pela Cabala. Após uma breve conversa com Giacomo, o conde disse-lhe:

– Vinde comigo para a Boémia. Parto amanhã.

Não partiu logo, mas acabou por se decidir e, alguns meses depois, os habitantes da aldeia de Dux, na Boémia, assistiram à chegada de um velho de olhos fixos e brilhantes sob espessas sobrancelhas brancas, corpo ossudo e longo, o nariz comprido e fino como uma lâmina. Um velho que dava ainda grande impressão de vigor.

O castelo de Dux era uma residência magnífica de estilo francês, situado num imenso parque perto de Toeplitz, célebre cidade termal. Casanova encontrou aí o paraíso dos seus velhos tempos... e não o podia apreciar.

O conde, jovem, amável e galante, confiara-lhe os cerca de 40 000 volumes da sua biblioteca, em troca de alojamento, alimentação e um milhar de florins por ano, uma bela quantia, quase o triplo daquilo que ganhava em Veneza.

Além disso, quando o senhor estava no castelo, o bibliotecário tomava parte nos serões de algum prestígio. Entretinha, entre outros, o príncipe de Ligne, tio do conde, que o apelidara de Aventuroso e que nos deixou um retrato de Casanova comovente e muito ao seu estilo.

«Seria um homem muito belo se não fosse feio. É alto, hercúleo, mas de tez africana. Olhos vivos, cheios de espírito,

Um túmulo na Boémia...

de facto, mas que anunciam sempre a susceptibilidade, a inquietação ou o rancor, conferindo-lhe um certo ar feroz. Mais fácil de se encolerizar do que de se alegrar, ri pouco, mas faz rir. Tem um modo de dizer as coisas que faz lembrar o fanfarrão Arlequim e o Fígaro, que o torna muito agradável. Não há nada que não saiba: as regras da dança, da língua francesa, do gosto, dos hábitos do mundo e do saber viver. É um poço de ciência, mas cita Horácio tão frequentemente que chega a fartar...».

O que Ligne ignorava é que as mulheres continuavam a assombrar o corpo desassossegado do sedutor, mas já não podia saciar os seus desejos. As mulheres e as raparigas da aldeia tinham medo dele e nem sequer se aproximavam.

Enganava então a fome escrevendo, contando a sua vida, rabiscando resmas inteiras de papel, compondo obras obscuras, que eram rejeitadas pelos editores com uma constância inalterável. Também comia desmedidamente, durante todo o dia, para grande fúria do seu inimigo íntimo, o intendente do castelo Faulkircher, que era a sua única companhia quando o conde Waldstein deixava Dux, o que acontecia com frequência.

Não, Casanova não está feliz! Carrancudo, azedo, melindroso, vira contra si o pessoal doméstico do castelo, ao qual começará a servir de alvo. Todos os dias há discussões: porque o chocolate não está a seu gosto, porque a sua polenta está queimada, porque um cão não o deixou dormir, porque a criada lhe misturou os papéis e atirou fora alguns cheios de rasuras, que ela julgava sujos.

«Sou como um nobre corcel que o destino mandou para o meio dos burros, obrigado a sofrer pacientemente os seus coices...», escreve ele.

Por isso, come, encontrando nos excessos de comida e bebida uma compensação para aquilo que acredita serem as suas misérias e que decorrem todas do seu carácter agora insuportável.

Desejava rever Veneza mais uma vez e pediu ao conde que lhe obtivesse essa preciosa autorização, mas chegou o Inverno e a sua saúde começou a declinar brutalmente. Pouco depois, já não podia sair do castelo e passou todo esse Inverno à lareira, embrulhado em cobertores, na companhia de um sobrinho, Carlo Angiolini, que o fora visitar, e da sua cadela Finette.

Apanhou um resfriamento e começou a sofrer cada vez mais do estômago sobrecarregado. No dia 4 de Junho de 1798 (com setenta e três anos), já não pode sair da cama e pede um padre.

A confissão é longa. Quanto mais Casanova remexe na memória, mais encontra para dizer e, ouvindo-o, o pobre cura transpira abundantemente. Por fim, o moribundo articula a sua conclusão:

– Santo Deus, e vós, que sois testemunha da minha morte, sabei que vivi como filósofo e morro como cristão.

Casanova foi sepultado no cemitério de Dux, junto à igreja.

«O seu túmulo», diz o historiador Lucas-Dubreton, «estava encimado por uma cruz de ferro que se despegava, escondia-se nas ervas daninhas e, nas noites sem lua, agarrava, com as suas pontas, as saias das raparigas que passavam...».

Será que a alma desinquieta do sedutor chegaria algum dia a encontrar repouso?

O Bandido

∞

CARTOUCHE

I
A formação de um bandido

Desde que o filho voltara miraculosamente a casa, o pai Cartouche dividia-se entre a alegria e uma vaga inquietação. É que, em cinco anos, o rapaz mudara muito!
Em 1704, era apenas um garoto de onze anos, um petiz como os outros, que corria descalço pelas ruelas do bairro da Courtille, pilhava as bancas das frutarias e jogava ao pião na poeira dos caminhos. Mas, certa noite, Louis-Dominique não regressara a casa dos pais.
Chamaram-no e procuraram-no. Os pais foram a casa de todos os garotos que ele frequentava habitualmente. Em vão! Ninguém o tinha visto. Só um dos seus dois irmãos mais novos soube dizer que vira Louis-Dominique a correr atrás de alguém em direcção ao fundo da rua da Fontaine-de-l'Échaudé, onde morava a família.
— Não viste quem era? — indagou o pai.
Mas a criança abanou a cabeça, virando os olhos irrequietos para a porta, como se temesse a entrada de uma silhueta inquietante.
— Acho que era uma rapariga, uma cigana! Tinha uma saia vermelha e amarela, um colar de moedas e meias escuras.

Avisaram a polícia, mas não deu em nada. Ninguém sabia de Louis-Dominique. Uns ciganos, acampados às portas de Paris, tinham-no levado. A mãe chorava, o pai esforçava-se por esconder o desgosto e os pequenos irmãos foram esquecendo o irmão mais velho, até àquele dia de Inverno, no início do ano 1709, em que o tio Tanton, que morava em Rouen, encontrou, muito por acaso, o sobrinho, a tremer de febre numa cama de hospital.

Levou logo Louis-Dominique para sua casa, cuidou dele, tratou-o e, depois, levou-o em triunfo para a casa da rua da Fontaine-de-l'Échaudé, onde foi recebido como se imagina.

No entanto, passados os primeiros dias de alegria, o pai Cartouche começou a sentir alguma preocupação face ao primogénito. Não havia dúvida de que o rapaz crescera. O irrequieto garoto tornara-se um homenzinho, mas silencioso, distante... A sua esperteza e agilidade, certamente exercitadas pelos ciganos, haviam-se tornado incríveis e até preocupantes num aprendiz de tanoeiro. Porque, obviamente, o pai Cartouche achara muito natural pôr o filho a trabalhar consigo. Louis-Dominique não recusou. Pegou no martelo, no avental de couro e começou a trabalhar. Mas nunca cantava, e, para o pai, um tanoeiro que não cantasse não era um verdadeiro tanoeiro. Não podia pôr o espírito no trabalho.

Louis-Dominique não falava, mas olhava muito. Olhava, sobretudo, para uma bonita rapariga que, de manhã e ao fim da tarde, costumava passar frente à oficina. Pouco sabia dela: morava um pouco mais ao fundo da rua, chamava-se Toinon e era roupeira. Dizia-se que trabalhava para a Sra. Amaranthe, a célebre artífice, cuja casa fornecia toda a gente distinta e, a julgar pelas suas saias provocadoras, pelas rendas com que adornava o decote, talvez um pouco demasiado aberto para uma rapariga honesta, não se duvidava disso. Pelo menos

A formação de um bandido

Louis-Dominique não duvidava. Limitava-se a admirar, a olhar mais um pouco.

Adquiriu o hábito de, ao fim do dia, depois do trabalho, rondar a casa de Toinon, esperando o seu regresso e jurando regularmente a si próprio abordar finalmente a rapariga que tanto lhe agradava. Na verdade, foi a bonita rapariga quem entabulou o diálogo. Não deixara de reparar naquele rapaz, pobremente vestido, é verdade, mas sedutor e vigoroso, que a observava a passar com um olhar fervoroso.

— Por que ficais todas as noites frente à minha casa? — perguntou-lhe.

Sob o bronzeado adquirido nas estradas, Louis-Dominique corou.

— Porque sois bela e adoro ver-vos.
— Só ver-me? Não desejáveis falar-me?
— Oh, sim... mas não ousava!
— Fazíeis mal! Não me desagradais, sabeis? Sois um rapaz muito bonito... Pena que vos vestis tão mal. Poderíamos sair juntos...

O jovem teve a sensação de que uma porta secreta se abria diante de si, revelando uma paisagem desconhecida, inesperada.

— Sair comigo? Aceitaríeis?

Com a mão na cinta, Toinon balançava-se suavemente na ponta dos pés enquanto perscrutava Louis-Dominique. Fez um sorriso trocista.

— Por que não? Se me convidásseis para algumas festas privadas e se fôsseis suficientemente galante para me dar uns presentinhos, acho que gostaria de sair convosco. Pensai nisso.

E Toinon, volteando, fez levantar a saia cor-de-rosa, revelando uma perna fina, e desapareceu para dentro de casa, fechando a porta atrás de si. Lentamente, com as mãos nos bolsos vazios, Louis-Dominique voltou para casa. Descera brutalmente dos céus, para onde, por um momento, Toinon, o levara. Festas, presentinhos? Onde é que queria que ele arranjasse tudo isso? Não tinha dinheiro, a não ser uns poucos soldos parcimoniosamente dados todas as semanas pelo pai Cartouche... No entanto, tinha de agradar àquela rapariga, tinha de o fazer a qualquer custo!

Os dias que se seguiram mais não fizeram do que exasperar o desejo do jovem. Sempre que via Toinon, ficava com o coração aos saltos. E cada vez lhe custava mais suportar os sorrisos, meio de convite, meio de desprezo, que ela lhe dirigia quando passava. Foi então que descobriu, quase por acaso, o cofre onde o pai Cartouche guardava as economias.

No dia seguinte, levou Toinon a jantar numa taberna de Belleville e ofereceu-lhe um leque de seda pintada. Quando regressaram a Courtille, já noite alta, Toinon, reconhecida, abriu-lhe a porta do seu quarto.

Este estado de graça durou duas longas semanas. Inebriado e fora de si, Louis-Dominique cobria Toinon de pequenos presentes e suplicava-lhe que casasse consigo, não compreendendo como podia a amada, ainda quente dos seus beijos, rejeitar e rir de proposta tão lisonjeira. Contudo, a reserva de dinheiro diminuía consideravelmente no cofre do pai, e Louis-Dominique começava a perguntar-se como poderia repor o que gastara e, ao mesmo tempo, continuar a sustentar os caprichos de Toinon. É verdade que se lembrava do que aprendera com os ciganos, dos meios que usavam para encherem as suas despensas e arranjarem algum ouro. Mas sonhava com o amor puro, com uma vida passada ao lado da sua bela Toinon, e não queria pôr em perigo futuro tão celestial com um gesto irreflectido que o podia atirar por muitos anos para as galés do rei. Todavia, há momentos em que o destino se

A formação de um bandido

compraz a decidir por si mesmo. Um drama veio abalar bruscamente a sorte do jovem tanoeiro.

Certa noite, quando galgava os degraus que davam para o quarto de Toinon, cruzou-se na escada com um homem barrigudo, enfatuado e enfaixado, que trazia debaixo do braço um chapéu guarnecido de plumas brancas, dando piparotes nos folhos da camisa com suprema elegância. Naquele momento, não deu qualquer atenção ao facto, tanto mais que Toinon se mostrou mais meiga do que nunca. Só no dia seguinte, enquanto trabalhava num tonel e o seu espírito podia vagabundear livremente, é que se lembrou do incidente. O homem com faixas só podia vir da casa de Toinon.

A dúvida assaltava-o tão cruelmente que resolveu assegurar-se das suspeitas. Desde há algum tempo que Toinon o recebia mais tarde e se recusava a sair, dizendo-se cansada. Pior ficou quando um miúdo lhe entregou um bilhete no qual Toinon lhe pedia que não viesse nessa noite nem antes do fim-de-semana, por razões que o adolescente achou muito vagas. Foi então que se decidiu.

Espiou o regresso da jovem, esperou uma hora e depois foi a casa dela. Subiu os degraus de quatro em quatro e bateu à porta. Ninguém respondeu, mas, do outro lado, ouvia alguém a cochichar. Toinon estava lá, tinha a certeza disso, e não estava sozinha.

Uma terrível cólera apoderou-se dele. Lançando-se contra a porta, arrombou-a com os ombros e projectou-se para dentro do quarto. Um grito duplo respondeu ao estrondo da porta partida: na cama, seminua, Toinon agarrava-se ao gordo homem que vira na véspera. Este gritou, com uma voz de falsete:

— Mal educado! Como ousas! Vou chamar o guarda para te meter na rua!

— O guarda, meu gordo, terá de ser chamado! Entretanto, sou eu quem te vai pôr na rua.

121

– Com que direito?

Indignada, Toinon vestira-se. Sem se preocupar com a sua apresentação, saltou sobre Louis-Dominique com as unhas em riste.

– Tu é que te vais embora, meu rapaz! Fui demasiado boa para ti! Pensavas que isto iria durar para sempre? Valho mais do que os teus presentes miseráveis, sabes?

Por momentos, Louis-Dominique olhou-a como se a visse pela primeira vez. Na verdade, era um pouco assim. Nunca a tinha visto como agora: ávida, calculosa, perversa... Até o seu bonito rosto, deformado pela fúria, lhe pareceu horrível...

– Sim, pensava que isto poderia durar para sempre. Mas não merecias os meus sonhos!

Com um encontrão, atirou a jovem para cima da cama, para junto do amante, e depois desceu as escadas, com os olhos secos e a cabeça em rebuliço. Contudo, os problemas ainda não acabariam nessa noite.

Quando se aproximava da casa dos pais, ouviu pela janela aberta uma conversa que lhe pôs os cabelos em pé.

– Sei que é ele – dizia o pai. – Há já algum tempo que suspeitava, mas, ontem, espiei-o e vi-o tirar uma moeda do meu cofre.

Em seguida, ouviu a voz da mãe, lavada em lágrimas.

– Não pode ser! Não posso acreditar em tal coisa.

– Pois é melhor acreditares, minha pobre mulher! Com certeza que aqueles cinco anos com os malditos ciganos lhe deixaram marcas. Ensinaram-lhe que era mais fácil roubar do que trabalhar.

– Mas ele trabalha...

– Sim. Mas não gosta do seu trabalho. Vejo-o bem.

Fez-se um silêncio, depois interrompido pela mãe:

– Que vais fazer?

A formação de um bandido

– Uma estadia em Saint-Lazare far-lhe-á bem. Não posso deixar um ladrão, mesmo que meu filho, em liberdade. Amanhã de manhã, com o pretexto de ir falar com um fornecedor, levo-o e ponho-o lá!

Louis-Dominique não ouviu mais. Se entrasse em casa, estaria perdido. Conhecia suficientemente bem o pai para saber que nada nem ninguém lhe faria mudar de ideias. Recuou um passo, dois, três e, quando estava já bastante afastado de casa, começou a correr e enfiou-se na grande cidade como quem mergulha no mar. A vaidade e a ingratidão de Toinon haviam-lhe decidido a sorte. Louis-Dominique estava morto. Cartouche acabara de nascer...

Uma vez restabelecido do abandono da casa dos pais, Cartouche descobriu que era bom ter dezassete anos, ser ágil e forte, e morar em Paris. Isto, claro, porque não achava útil expatriar-se. As hipóteses de encontrar o pai eram remotas na grande cidade, sobretudo nos meios que pretendia frequentar. Ao mesmo tempo, decidiu que era estúpido trabalhar e sujar as mãos, quando se tinha dedos ágeis e era tão fácil arranjar bolsas e jóias sem grande esforço. Os ensinamentos dos ciganos voltaram-lhe facilmente ao espírito. A habilidade aperfeiçoou-os.

Magro, ágil e de aparência graciosa, agradava às mulheres, mas dava demasiado valor à nova liberdade para se entregar nas mãos de uma amante qualquer. Começou a frequentar os sítios onde se juntava a multidão: as igrejas, as feiras de Saint--Germain ou de Saint-Laurent, e a Poin-Neuf, com o seu colorido mundo de amestradores de animais e manipuladores de marionetas, saltimbancos e adivinhos. Nestes sítios, era-lhe fácil roubar uma bolsa ou surripiar um relógio. Em breve, Cartouche já usava roupas de seda e um chapéu de plumas semelhante ao do gordo fidalgo de Toinon. Era visto nas prédicas, nas missas cantadas e no Cours-la-Reine, onde a alta sociedade costumava passear.

Ora, certa manhã, foi à missa no templo dos Jesuítas, na Rua Saint-Antoine (hoje Igreja de São Paulo). Estava cheia. Encontrava-se lá todo o bairro do Marais. Aproveitando a afluência, conseguira surripiar duas bolsas e um relógio inglês quando, à saída da missa, se sentiu agarrado pelo braço.

– Gostaria de vos falar em particular! Quereis seguir-me? Caminhemos juntos.

O homem era alto e forte, muito mais forte do que Cartouche. Vestido como um burguês abastado, tinha algo de suspeito. Talvez aquele rosto cicatrizado de olhar frio. Instintivamente, Cartouche levou a mão ao punho da sua espada. Na verdade, não sabia muito bem servir-se dela, mas se o outro fosse um dos que ele roubara, saberia defender-se.

Sem lhe largar o braço, o homem conduziu-o até à Rua da Culture-Sainte-Catherine, que tinha um ar bastante deserto devido aos baldios. Aqui, pôs-se frente ao seu jovem companheiro e desatou a rir:

– Então – disse ele –, somos colegas?

– Que quereis dizer?

– Que me chamo Galichon, conhecido por Braço de Ferro, e que, tal como tu, sou um fidalgo de fortuna. Mas sou menos hábil do que tu. Quantas bolsas tens?

– Três! – respondeu Cartouche, demasiado admirado para o negar.

– Os meus cumprimentos, só tenho uma. Mas, antes de tudo, devolve-me o meu relógio. Essas coisas não se fazem entre amigos. E espero bem que nos tornemos amigos.

– Amigos?

– Mas claro, e sócios também, se quiseres. Sempre tive o hábito de trabalhar a dois. Ora, o meu camarada morreu em tristes circunstâncias e sinto-me completamente desampara-

A formação de um bandido

do. Vi-te em acção: trabalhas bem. És mesmo mais hábil do que eu, mas menos forte. Se quiseres trabalhar comigo, podemos fazer grandes coisas. E, para já, se estiveres de acordo, ofereço-te cama e mesa. Onde moras?
– Tenho um quartinho no bairro, mas já não gosto dele. A senhoria lança-me uns olhos demasiado ternos, e ela está longe de ser jovem.
– Mais uma razão. Vem para minha casa!
Os dois apertaram a mão e, de braço dado, encaminharam-se para a Île de la Cité.
Nesta época, a zona tinha muito má fama, de tal modo que nem a polícia gostava de lá ir. As ruelas estreitas e tortuosas, com as suas casas cor de lama e os seus passeios malcheirosos que conduziam a escadarias escuras, tinham, de certa maneira, tomado o lugar do famoso Pátio dos Milagres, limpo no século passado pelo tenente da polícia La Reynie. Durante o dia, era uma zona bastante sossegada e a vizinhança da catedral não sofria muito com os habitantes. Mas chegada a noite, a Cité servia de refúgio e local de encontro para a grande maioria dos malfeitores de Paris. Movia-se aqui toda uma ralé humana.
Quando trabalhava sozinho, Cartouche não se aventurara ainda nesta zona. Era uma espécie de fortaleza inexpugnável, onde o curioso se arriscava a ser esfaqueado mais facilmente do que a polícia. Ficou, pois, agradavelmente surpreso por ver que Galichon o conduzia para essa zona de eleição.
Os dois homens entraram na rue-aux-Fèves e dirigiram-se para o *cabaret* da Maçã do Amor, que, apesar do nome sedutor, não passava de uma espelunca medonha. Galichon apresentou o seu jovem colega ao gerente do estabelecimento e, depois, dirigiu-o para uma escadaria que desaparecia pela casa acima. No primeiro piso, abriu uma porta, que revelou um compartimento bastante grande no qual se encontravam

duas jovens. A mais velha foi apresentada como a senhora Galichon e a mais nova como a irmã dela.

Esta era bonita. Dezasseis anos, corpo de bailarina, olhos lânguidos e cabelo de seda. Chamava-se Marianne e sorria ao olhar para Cartouche, que, por seu lado, a devorava com os olhos. Galichon começou a rir e, batendo no ombro do seu novo sócio, troçou:

– Eu sabia que Marianne te agradaria. Se a quiseres, é tua. Está livre. O homem dela foi-se embora, remar para as águas azuis do Mediterrâneo. Só tens de casar com ela.

– Eu quero, se Marianne quiser.

Como resposta, a rapariga apertou-se contra ele e ofereceu-lhe os lábios. O casamento realizou-se logo ali, simplesmente, pois, neste tipo de acordos, não valia a pena arranjar nem notário nem cura. E Cartouche, muito naturalmente, instalou-se na casa da família Galichon. Passaram a trabalhar como cunhados, lado a lado.

O jovem patife viveu seis meses felizes. Amava Marianne e ela amava-o. É verdade que o casal não se ralava com uma fidelidade supérflua. Marianne oferecia de bom grado a beleza a quem a pudesse pagar. Quanto a Cartouche, se alguma bela dama lhe lançava uma olhadela e se se encontrasse com ele, arranjava sempre maneira de conseguir dela uma vantagem substancial. Mas ao fim da noite, trabalho feito, reencontrava Marianne no seu quarto da rue-aux-Fèves e o estranho casal esquecia a cidade e os seus habitantes para pensar apenas em si mesmo.

Ao mesmo tempo, sob a direcção de Galichon, Cartouche fazia progressos espantosos. Aperfeiçoara a habilidade do cunhado em matéria de roubo por esticão e, por seu lado, Galichon ensinara-lhe a arte de se disfarçar e de se introduzir nas casas sem chamar a atenção. Na sua escola, Cartouche aprendeu muito e estabeleceu relações no mundo dos ladrões.

A formação de um bandido

Isto poderia durar anos, se Galichon não tivesse cometido uma imprudência. Numa noite de Inverno, introduziu-se numa casa da rua da Arbre-Sec, cujo proprietário devia estar fora. Tratava-se de um trabalho fácil, que ele fazia sozinho.

Quis o azar que o digno negociante de cereais, dono da casa, voltasse inopinadamente em busca de um objecto que havia esquecido. Quando se encontrou frente-a-frente com Galichon, deu-se um estrondo terrível. Houve luta, tumulto na rua e, por fim, ferido num braço por um tiro de pistola, o pobre Galichon foi capturado pela polícia e levado para a prisão.

Na noite seguinte, enquanto Cartouche dormia ao lado de Marianne, a polícia investiu sobre o *cabaret* antes do nascer do sol. Galichon, devidamente interrogado por homens que sabiam do ofício, dera o nome dos cúmplices, sem se fazer muito rogado, pois não se considerava um herói.

Ouvindo os passos pesados dos guardas que subiam a escada, Marianne apertou-se contra Cartouche e abraçou-o com força.

— Foge! Salva-te... Se te apanham, estás perdido!
— Não irei sem ti...
— Eu não corro grande perigo. O hospício durante algum tempo. Mas tu arriscas a corda. Para se livrar, Galichon não hesitará em culpar-te de tudo. Foge, já!
— Como?
— Pelo telhado! Comunica com o do lado e ainda com outro. Podes afastar-te o suficiente para descer sem perigo numa rua.

Agarrando na sua espada e numa pistola, Cartouche saltou pela janela e desapareceu na noite escura. Mesmo à justa. A golpes de coronha, a porta despedaçava-se.

Galichon não voltaria a ver a família durante algum tempo. Foi condenado às galés por vinte anos. Quanto a

Marianne e à irmã, foram levadas para o hospício e, depois, deportadas para a América. Cartouche estava novamente sozinho.

Desgostoso com a zona da Cité, instalou-se num pequeno quarto da Rua Saint-André-des-Arts e tentou arranjar outra identidade. As revelações de Galichon tinham posto a polícia na sua peugada e não pretendia deixar-se apanhar.

Esfregou o rosto com tinta de casca de noz, pintou-se de forma a ficar com outra aparência e, abandonando os roubos, fez-se jogador. Com os ciganos e com Galichon aprendera como se ganha sem grandes dificuldades. Mas para ser admitido nas casas de jogo interessantes era preciso ter alguma apresentação. Cartouche gastou os seus últimos escudos para se vestir adequadamente e arranjar um lacaio. Então, transformado agora em Sr. Lamarre, lançou-se na aventura.

Era visto nas casas de jogo mais famosas, principalmente no Hotel de Transylvanie, junto ao Cais Malaquais. Procurava sobretudo as mesas onde havia estrangeiros, que ele achava mais fáceis de enganar do que os compatriotas. Ao mesmo tempo, para que o deixassem em paz, tornara-se informador da polícia. Por fim, livrou um amigo das garras de um sargento recrutador chamado La Pervenche.

Este La Pervenche era um homem preguiçoso, matreiro e desonesto. Descobrira facilmente que o «Sr. Lamarre» era infinitamente mais simpático do que ele e que seria muito bem sucedido no recrutamento. Propusera-lhe sociedade e, na verdade, o negócio revelava-se frutuoso. Infelizmente, Cartouche não tardou a ficar com todo o trabalho, enquanto que o outro se limitava a esperar numa taberna o resultado das operações. Pedia mais. O que foi um erro, como viria a perceber em breve.

A formação de um bandido

Nessa noite, como em todas as sextas-feiras, La Pervenche esperava Cartouche na taberna dos Quatro Filhos de Aymon, na rua da Judiaria, bebendo vários jarros de vinho de Beaugency. O jovem fazia-se esperar e o outro impacientava-se.

Quanto ele finalmente apareceu, La Pervenche franziu as sobrancelhas. Cartouche costumava levar-lhe cinco homens todas as sextas-feiras. Desta vez, levava apenas quatro. Desculpou-se imediatamente.

– Eu tinha cinco – murmurou ele, enquanto La Pervenche oferecia vinho aos quatro rapazes –, mas o quinto raspou-se na esquina da rua. Tinha de pensar.

La Pervenche encolheu os ombros filosoficamente.

– Não tem grande importância. Farás melhor na próxima vez. Senta-te e bebe comigo.

Estava uma noite quente. Cartouche falara bastante para convencer os seus recrutas. Tinha sede. Ergueu o copo e disse alegremente:

– À saúde do rei!

E esvaziou o copo de um trago. O vinho era bom, muito fresco. Não viu qualquer inconveniente em beber um segundo e um terceiro copo. Os quatro rapazes não se fizeram rogados para o imitar. Em seguida, La Pervenche declarou que aquele vinho era, na verdade, uma zurrapa indigna de fiéis servidores do rei de França. Gritando, ordenou ao taberneiro que lhe servisse vinho melhor.

– Vais ver a diferença – previu ele, enchendo o copo do seu cúmplice até à borda. – E tu, taberneiro, traz-nos presunto. Tenho fome.

Pôs-se então a mesa. Cartouche, copo atrás de copo, bebeu desmesuradamente. Tanto que acabou por adormecer à mesa.

Quando acordou, já era dia e La Pervenche abanava-o:
– Vamos!
– Vamos? Onde?

Senhores da Noite

— Mas... para o regimento, meu rapaz. Esta noite achavas essa vida tão bela que me suplicaste para te alistar. Olha, aqui está a tua assinatura!

E, frente ao nariz do rapaz, agitava um papel que apresentava, de facto, o seu nome. Subitamente desperto da embriaguez, Cartouche levantou-se, os punhos serrados.

— Miserável! Fizeste-me beber e...

— Calma, então! Não te obriguei a beber. Bebeste sozinho. Além disso, é mais que justo que me sigas. Prometeste-me cinco homens e trouxeste apenas quatro. Serás o quinto. Vamos! Verás que nem todos... enfim... morrem!

A bem ou a mal, Cartouche teria de seguir La Pervenche e tornar-se soldado. Iria servir assim o rei, valentemente, aliás, até ao Tratado de Utrecht(*). No exército, aprenderia também a ordem e a disciplina, que, mais tarde, lhe viriam a ser muito úteis.

(*) O Tratado de Utrecht foi firmado nesta cidade dos Países Baixos, pondo fim à Guerra de Sucessão Espanhola (1713-1715), na qual entraram em conflito interesses de várias potências europeias. (*N.T.*)

II
O rei de Paris

Nesta época, por detrás dos edifícios do hospício da Salpêtrière, estendiam-se imensos terrenos baldios que davam para uma pedreira abandonada. De dia, ainda se viam aqui alguns animais a pastar, mas, de noite, não se encontrava vivalma. A zona tinha má fama e a proximidade do hospício-prisão não ajudava. As pessoas respeitáveis não se arriscavam por aqui...

Contudo, no meio de uma noite de Inverno de 1713, um observador atento poderia notar uma agitação insólita. Vários homens, isolados ou em grupo, envolvidos em capas espessas, algumas mulheres também, de touca sobre os olhos, percorriam o grande baldio, concentrando-se todos na pedreira, à entrada da qual se encontrava um homem com uma vela, que ele erguia de tempos a tempos, desempenhando a função de porteiro. As pessoas que chegavam murmuravam-lhe algo ao ouvido e o homem, com um movimento de cabeça afirmativo, fazia sinal para entrarem.

No interior, alguns archotes presos às paredes gredosas irradiavam uma luz suficientemente viva para que os recém-

-chegados se reconhecessem. Os encontros eram pautados por exclamações de alegria e abraços; a pouco e pouco, a pedreira ia ficando cheia.

Eram pouco mais de duzentos, quando um homem envolvido numa grande capa de montar, usando na cabeça um tricórnio com galões de ouro, abriu caminho através da multidão e, saltando para uma grande pedra que fazia de estrado, desembaraçou-se da capa escura e atirou para um canto o tricórnio, revelando o seu rosto agradável, de traços bem definidos, tez morena e cabelo preto não empoado e agarrado à nuca por uma fita negra, olhos vivos e escuros, dentes cintilantes. O homem era de estatura mediana, mas de boa compleição física. Envergava um fato cor de canela, folhos de peitilho rendados e botas de cano alto, tudo com alguma elegância. Uma autêntica aclamação saudou a sua aparição.

– Cartouche! Cartouche! Viva, camarada!
– Olá a todos vós! Vejo que sois muitos e não vos haveis esquecido do nosso encontro! Agradeço-vos.

Apesar da idade, pois não tinha então mais de vinte anos, Louis-Dominique Cartouche sabia agora como dirigir os homens. Durante quase dois anos, nos exércitos do rei, aprendera essa arte difícil, bem como várias coisas úteis, como a ordem e a disciplina. Batera-se bem, e o bastão de sargento vinha recompensá-lo dos seus altos feitos.

Poderia ter ficado no exército, uma vez que gostava do ofício e podia fazer aí carreira, mas, após a vitória de Denain, a paz instalou-se e os homens voltaram para os seus lares. Cartouche, apesar dos protestos, pois lar era coisa que não tinha, seguiu o mesmo destino dos outros.

Foi então que combinou aquele encontro com os camaradas, desiludidos por terem pela frente um futuro sem brilho, na companhia da charrua ou da bancada da oficina.

O rei de Paris

— Se, daqui a seis meses, no dia-a-dia pensarem que há melhor a fazer do que trabalhar como um animal para ganhar apenas o suficiente para não morrer à fome, encontrem-se comigo, entre as onze horas e a meia-noite, na pedreira de greda a seguir ao baldio, situado atrás da Salpêtrière. Veremos o que poderemos fazer juntos!

E foram, todos ou quase todos, porque toda a gente do regimento apreciava Cartouche, que gostava de rir e de viver bem. Confiavam instintivamente nele, pois a sua valentia não oferecia dúvidas a ninguém, e sabia, melhor do que qualquer outro, tornar a vida mais agradável e arranjar o dinheiro que abria a porta a tantos prazeres.

Durante longos minutos, sobre um profundo silêncio, Cartouche falou. A todos aqueles homens atentos e ansiosos, descreveu aquilo que podia fazer um bando fortemente armado, bem organizado, numa cidade tão rica como Paris.

— Se quiserem, poderemos ser os reis da cidade, mais do que a criança que reina em Versalhes e do que o Regente. Mas, para isso, temos de confiar uns nos outros.

— Diz! — gritou uma voz unânime. — Que queres de nós? Seguir-te-emos!...

— Então, vamos jurar prestar ajuda e assistência mútua, nunca trair, mesmo sob tortura, e se um de nós for apanhado, tudo faremos para o livrar do carrasco. Só assim seremos suficientemente fortes para impor a nossa lei.

O juramento foi prestado num entusiasmo indescritível. Logo a seguir, ocuparam-se da organização deste pequeno exército do roubo, do crime e da rapina. Cartouche inspirava-se na própria organização do exército. Nomeou tenentes, que seriam os únicos a relacionar-se com ele e a tomar parte nas deliberações. Por sua vez, esses tenentes transmitiriam as decisões aos homens colocados às suas ordens.

Senhores da Noite

– Não quero grandes ajuntamentos – dizia Cartouche. – Quanto mais disseminados estivermos, mais difícil será localizarem-nos e mais força teremos. Um bando único, concentrado num único sítio, é demasiado fácil de localizar. Devemos estar em toda a parte ao mesmo tempo, tanto nas casas como nas tabernas, e até no palácio do rei.

Quando o Sol se ergueu por detrás da Salpêtrière, a pedreira estava vazia e já não apresentava qualquer vestígio da grande reunião. Mas o «bando de Cartouche» tinha nascido...

A pouco e pouco, o bando foi crescendo e Cartouche, graças aos seus homens, estendeu a influência a todos os meios e arranjou cumplicidades em toda a parte. Tinha joalheiros receptadores que alteravam as jóias roubadas, armeiros que lhe forneciam armas e munições, taberneiros, em cujos estabelecimentos eles se podiam reunir ou trocar mercadorias, e até médicos para tratarem os feridos, e, claro, mulheres, muitas mulheres, geralmente muito belas, atraídas pelo seu sorriso trocista e pela sua ousadia. À medida que a sua fama aumentava – pois Paris depressa passou a saber quem era Cartouche, sem que se lhe conhecesse o rosto –, as mulheres sonhavam com este aventureiro destemido, que fazia tremer até o tenente da polícia.

As mulheres serviam Cartouche introduzindo membros do bando nas casas ricas, como criados ou camareiras, cúmplices sempre prontos a abrir uma porta, a espreitar ou a fornecer uma indicação útil. Houve uma altura em que o bando contava com mais de duas mil pessoas: quase um Estado dentro do Estado! Cartouche era realmente rei. Só lhe faltava encontrar uma rainha.

Naquele dia, Cartouche passeava pelos lados do Palácio Real. Elegantemente vestido, tricórnio emplumado na cabeça

O rei de Paris

e espada à cinta, vagueava pelas montras e olhava para as raparigas bonitas, que, por seu lado, não lhe poupavam os sorrisos.

De repente, sentiu o toque de uma saia de seda. Um perfume quente invadiu-lhe as narinas, mas, ao mesmo tempo, percebeu que uma mão deslizava dentro do seu fato, certamente em busca da sua bolsa. Não se mexeu, mas a sua própria mão foi ao encontro da indiscreta e agarrou rapidamente uns dedos estreitos e suaves, que não podiam pertencer a um homem.

Sentindo-se presa, a mulher soltou um grito. Cartouche voltou-se bruscamente e desatou a rir.

– Não és suficientemente boa neste jogo, minha querida. Em contrapartida, és muito bonita!

Mais do que bonita: bela, deslumbrante, olhos de fogo, pele dourada de cigana, cabelo escuro brilhante, como uma meada de seda. Assustada, a rapariga desfez-se em súplicas.

– Por piedade, senhor, deixai-me ir embora. Se me entregais à polícia...

– Quem disse isso? – afirmou ele sem lhe largar os dedos. Depois, num tom mais suave, perguntou-lhe: – Como te chamas?

– Marie-Jeanne... mas chamam-me Jeanneton... Jeanneton--Vénus – acrescentou ela com um orgulho instintivo.

Cartouche assobiou entre dentes.

– Vénus? Apre! Quem me dera confirmar isso.

Cartouche largou-lhe a mão, agarrou-lhe na cintura e apertou Jeanneton contra si, com um gesto tão peremptório que ela, já conquistada, nem pensou em defender-se.

– Que quereis dizer, senhor?

– Que deves ter um quarto em qualquer lado, e que podes levar-me até lá. Só assim terás o meu perdão.

– Então – exclamou alegremente a rapariga –, o castigo será agradável!

Senhores da Noite

Um hora depois, Jeanneton tornava-se sua amante, decidida a seguir até ao fim do mundo o homem que a conquistara de forma tão audaciosa. Nessa mesma noite, Cartouche apresentou-a aos seus tenentes.

— Ela será minha mulher — disse ele. — Nunca nos separaremos.

Nessa noite, na taberna da Pistola, dançou-se e bebeu-se à saúde do novo casal; Cartouche bebeu talvez mais do que todos os outros, mas aprendera a beber sem se embriagar. Quando soou a meia-noite, viu Jeanneton tirar um punhal da cinta.

— Disseste que eu era tua mulher — disse ela, subitamente séria. — Entre a minha gente, quando um homem toma uma mulher, mistura o sangue com o dela, e mais nada os poderá separar.

Um brilho cintilou nos olhos do chefe do bando.

— És cigana, não és? Isso explica a tua pele, os teus cabelos.

— Sim, sou cigana — disse Jeanneton com orgulho. — Ainda me queres? Ou tens medo?

— Medo, eu? com um gesto brusco, puxou-a para si e beijou-a com uma súbita paixão — Quanto a não te querer, só se eu estivesse paralítico ou moribundo. E mais! Casaremos à tua moda, Vénus, a bem chamada.

Mas Jeanneton não se ria. Dando rapidamente um corte no pulso, fez sair algumas gotas de sangue, fez o mesmo no pulso de Cartouche e juntou as duas pequenas feridas.

— Amo-te — disse ela com seriedade. — Nunca o esqueças!

— Não esquecerei.

Em redor do casal, o bacanal recomeçou. Os dois amantes beberam um último copo e depois saíram, abraçados, para consagrar o resto da noite ao amor.

O rei de Paris

Em breve, a audácia de Cartouche já não conhecia limites. Parecia que nada lhe era impossível, de tal modo a corrupção do seu bando penetrava em toda a parte e favorecia os seus mais audaciosos golpes.

Despojou os maiores. Charles de Rohan, lorde Dermott, o embaixador de Espanha e o da Turquia serão algumas das suas vítimas. Rouba o príncipe de Soubise na própria antecâmara do rei. No Palácio Real, residência do regente Filipe de Orleães, rouba candelabros de prata. E faz ainda melhor.

Certa noite, o Regente assiste a um baile na Ópera; Cartouche também. À passagem do príncipe, dá-se uma agitação entre a multidão. Quando o Regente consegue sair da confusão, já não tem espada, nem bolsa...

– Roubaram-me – disse ele sem grande emoção. – Mas o ladrão não ganhará para as despesas.

Com efeito, quando Cartouche examina o saque, apercebe-se de que a espada do príncipe, embora feita de excelente aço de Milão, não contém ouro nem prata. O punho é também de aço e as pedras são falsas. Cartouche devolve-a imediatamente, acompanhada de um bilhete.

«Monsenhor, será que o maior ladrão de França não terá vergonha de querer impedir de viver um dos seus malfadados colegas?...»

Filipe de Orleães tinha sentido de humor. Quando recebeu o bilhete, riu muito e declarou:

– Ofereço 20 000 libras a quem me trouxer Cartouche.

Como seria de esperar, havia uma orelha para ouvir a declaração e transmiti-la a Cartouche. Entre o pessoal do Palácio Real, contava com vários espiões. Assim, ainda a semana não terminara quando certa noite, num jantar em Saint-Germain, o Regente encontrou um novo bilhete debaixo do seu guardanapo.

Senhores da Noite

«Monsenhor, 20 000 libras é uma bela soma, mas Vossa Alteza pode poupá-la e encontrar-me de graça. Que esteja, à meia-noite, no lugar chamado Saint-Joseph. Vossa Alteza é corajosa, irá sozinha...»

A audácia do bandido despertou a curiosidade do príncipe. Por uma vez, despachou o jantar e, depois, pedindo roupa escura, mandou selar um cavalo e proibiu que o seguissem.

– Tenho que fazer e quero estar sozinho!

Pensou-se que se trataria de uma aventura galante e ninguém ousou insistir. Pouco depois, Filipe de Orleães galopava na floresta em direcção ao estranho encontro. A noite estava escura, a floresta silenciosa, mas Cartouche tinha razão: o príncipe era corajoso. A espada que lhe batia no flanco parecia-lhe ser garantia suficiente.

Chegado à cruz de Saint-Joseph, desmontou e chamou:

– Olá, senhor Cartouche! Mostrai-vos, então!

De trás de uma árvore saiu um homem desarmado. Empunhava uma tocha, que acendeu, e, aproximando-se do príncipe, fez-lhe uma profunda vénia:

– Sabia que Vossa Alteza era corajosa. Obrigado por ter vindo, meu príncipe. Devo-vos uma bela recordação.

Ninguém alguma vez soube do que falaram o príncipe e o bandido debaixo das grandes árvores de Saint-Germain. Sabe-se apenas que, ao voltar a montar, diante de Cartouche inclinado, o Regente exclamou:

– Foi um prazer conhecer-vos, Cartouche... só lamento que não tenhais antes decidido servir-me! Talvez pudéssemos fazer grandes coisas juntos...

– Talvez, Monsenhor. Mas isso não impede que se diga tanto mal de Vossa Alteza quanto de mim.

– É possível. Então adeus. Não nos voltaremos a ver. Cuidai de não cair nas mãos da minha polícia, pois nada poderei fazer por vós!

O rei de Paris

— Não esperarei por isso. Adeus, Monsenhor...

Estas histórias reforçavam a popularidade de Cartouche, e mais ainda certa aventura que lhe aconteceu numa noite de Inverno, ao passar pela Pont-Neuf.

Nessa noite, Cartouche estava bem disposto. Tinha dado um grande golpe, num arrematante de impostos, e ia ter com Jeanneton para uma longa noite de amor. Embrulhado no seu manto, que o fazia confundir-se com a escuridão, caminhava a passo rápido. Não tão rápido, porém, para deixar de reparar num homem que deambulava pela ponte com um ar perturbado.

Bruscamente, o homem fez um desvio, correu em direcção ao parapeito e começou a subi-lo. Cartouche saltou, precipitou-se sobre o homem e deteve-o no exacto momento em que, ultrapassada a barreira de pedra, se ia deixar cair à água.

— Sois louco? Onde quereis ir assim? — exclamou o bandido, puxando o suicida para cima da ponte.

— Senhor, sois muito bondoso, mas perdeis o vosso tempo. Estou desonrado, não me resta alternativa que não a morte.

— Desonrado? Porquê?

— Devo 27 000 libras aos meus credores, senhor, e não os tenho. Vão declarar-me falido e mandar-me para a prisão. Como vedes, tenho de morrer.

— Ora! Não há forma de evitar isso?

— Até amanhã à noite? Impossível, senhor, mas agradeço profundamente a vossa compaixão. Adeus, senhor.

O homem já se afastava, sem dúvida em busca de outra ponte. Cartouche correu atrás dele.

— Percebo que estejais desesperado! 27 000 libras, é uma boa quantia, mas não é o Peru. Escutai: ide para casa e deitai-vos. Tentai dormir tranquilo. Amanhã, as vossas dívidas serão pagas.

Senhores da Noite

— Pagas? Mas como?

— Eu pagá-las-ei. Ide para casa e convocai os credores para amanhã à noite, em vossa casa, com os seus recibos. Eu irei lá e as vossas dívidas serão pagas até ao último soldo.

De repente, o infeliz homem desatou a soluçar.

— Senhor, deveis ser um enviado do Céu ou, em todo o caso, um homem muito bravo, mas não posso aceitar tal soma.

— Mas claro que sim. Tive alguma sorte ao jogo e não preciso do dinheiro. Aceitai-o sem escrúpulos. E dormi bem.

— Ah, senhor, é realmente bondade em demasia.

— De nada. Até amanhã!

Na noite seguinte, todos os credores do mercador estavam em sua casa, na maioria cépticos, pois não acreditavam naquela intervenção quase divina.

— É um louco, ou então trata-se de uma brincadeira de mau gosto.

Esta era a opinião geral e o infeliz homem quase já concordava com ela quando bateram à porta. Cartouche entrou, com o seu mais belo sorriso.

— Venho a horas, certo? — disse ele olhando em redor para a assembleia espantada. Em seguida, com um gesto soberbo, abriu o manto e retirou dele um saco cheio, que atirou para cima da mesa.

— ... Pagai-vos! — afirmou. — E que cada qual tenha a sua conta.

Num alegre sussurro, partilharam as 27 000 libras e, depois, abriram algumas garrafas para festejar o acontecimento. O digno mercador chorava de alegria e suplicava ao benfeitor que, pelo menos, lhe dissesse o nome.

— Senhor — disse o bandido —, se soubésseis quem sou, reconhecer-me-íeis e retirar-me-íeis por isso mesmo o principal mérito e todo o prazer do meu favor.

O rei de Paris

– O meu reconhecimento só cessará depois de morrer! – jurou o mercador, guardando cuidadosamente os recibos na sua secretária. – Agora, aceitai pelo menos beber connosco.

– Com prazer.

Beberam várias garrafas e o ambiente tornou-se muito alegre até que Cartouche, olhando para o relógio, declarou que se fazia tarde e deviam ir para casa. Os credores seguiram-no e desejaram boas-noites ao deslumbrado mercador.

Lá fora, a noite estava escura e o vento soprava em rajadas, mas o vinho de Borgonha aquecera suficientemente os visitantes nocturnos para que lhe não prestassem qualquer atenção. Riam, brincavam e todos tentavam estreitar relações com o generoso desconhecido.

Subitamente, na esquina de uma rua, um bando de malandrins precipitou-se sobre o grupo de homens. Num piscar de olho, foram despojados. Não só de 27 000 libras, mas também de tudo o que traziam com eles.

– Socorro! – gritava Cartouche, mais alto que todos. – Ladrões!

Mas quando os malandrins se desvaneceram na noite, os credores do mercador verificaram que o desconhecido desaparecera com eles.

No dia seguinte, a história correu Paris. Toda a gente atribuiu a aventura a Cartouche e se riu à custa alheia.

O «bando de Cartouche», pelo menos os seus principais tenentes, estava nessa noite sentado à mesa do *cabaret* do Pequeno Selo. Preparava-se um assalto exemplar a um belo palacete do bairro Saint-Germain, enquanto se degustava a cozinha do pai Néron, o dono do estabelecimento, membro do bando e um dos melhores cozinheiros de Paris. Estavam lá Duchâtelet, Pierrot, Torniol, Ratichon, Martin Lebois e alguns outros. Estava lá também a bela Jeanneton, mais apaixo-

nada que nunca pelo seu Cartouche. Demasiado apaixonada até para reparar nos olhares inflamados que Duchâtelet lhe lançava. Deve dizer-se que estava habituada a isso, pois há várias semanas que o tenente assediava a «mulher do chefe», alegando que a fidelidade não se usava num bando de salteadores. Mas Jeanneton repelia-o sempre.
— Sou mulher de um só homem!...
Ora, nessa noite, Jeanneton estava inquieta. No *cabaret* do pai Néron, uma deslumbrante rapariga loura, magra e graciosa, de grandes olhos azuis cândidos, servia à mesa. E Cartouche não lhe tirava os olhos de cima...
Chamava-se Marie-Antoinette e era a filha de Néron. Não a tinham visto antes porque fora educada no campo, para onde o pai a mandara, achando que o seu *cabaret* não era lugar para a filha. Agora, tinha dezasseis anos, e esperava casá-la.
Era aliás isso que explicava, rindo, a Torniol, que galantemente o cumprimentava pela beleza da filha.
— Dá-la-ei a quem lhe quiser bem e lhe possa dar tudo o que merece — afirmou ele com orgulho. — É suficientemente bela para isso!
De súbito, Cartouche levantou-se e, de olhos na rapariga, bateu com o punho na mesa.
— Então serei eu! Dá-me a tua filha, Néron, eu caso com ela.
— Estás a gozar! A minha filha casar-se-á diante do padre, da maneira mais normal do mundo, e não à vossa moda, dos fora-da-lei.
Cartouche bebera um pouco, o que lhe permitiu não ver o olhar subitamente inflamado de Jeanneton.
— Desposá-la-ei frente ao padre. Só tens de arranjar um. Quanto ao dote, terá o mais belo de toda a Paris! Dá-ma e eu dou-te o cofre onde guardo a minha parte dos despojos!

O rei de Paris

O rosto corado de Néron ficou ainda mais vermelho. Mas, desta feita, foi de cobiça. Cartouche era rico. Não se sabia o valor da sua fortuna, mas, de qualquer modo, teria o suficiente para realizar os sonhos mais dourados do dono do *cabaret*.

– És louco, Cartouche! – afirmou Jeanneton, incapaz de se conter por mais tempo. – Além disso, não tens o direito.

– Não tenho o direito? E porquê?

– Porque me pertences! – gritou a rapariga, com os dentes cerrados. – Misturaste o teu sangue com o meu.

– É verdade, somos irmãos, é tudo! Deixa-me em paz, Jeanneton. Nunca alguém me impediu de ter a mulher que eu quisesse. Esta, quero-a e tê-la-ei! E pagá-la-ei. A menos, claro, que não me mereça.

Todos os olhares se voltaram então para Marie-Antoinette. De pé, no meio da sala, as pequenas mãos juntas, toda rosada e dourada sob as madeixas selvagens que lhe escapavam da touca de musselina, a rapariga olhava para Cartouche com olhos brilhantes como estrelas. Fez-se silêncio.

– E então, filhota? – disse docemente o pai Néron. – Que dizes? Talvez não queiras pertencer a um homem que, um dia, terá a cabeça no cepo do algoz...

– Oh, sim – disse a rapariga. – Quero!

Lentamente, Cartouche deixou a mesa, aproximou-se da rapariga e colocou-lhe as mãos juntas entre os seus dedos.

– É verdade que me queres? Poderias amar-me?

– Sempre te amei. Desde que sei o que isso significa que sonho contigo. Serei tua mulher, mesmo que o meu pai não o queira.

– E por que razão não o quereria? – disse o pai Néron. – Celebraremos as bodas na próxima semana e tereis o festim mais magnífico que alguma vez vistes. Tanto mais que é o meu genro a pagar.

Como sinal de concordância, Cartouche tirou do dedo mindinho um anel ornamentado com um belo diamante e enfiou-o no anelar da noiva.

– É um pouco grande – disse ele a rir –, mas dar-te-ei muitos outros...

Pálida até aos lábios, Jeanneton, que toda a gente esquecera, recuara até ao fundo da sala. O ciúme e a cólera disputavam-lhe o coração ardente. No escuro da chaminé, retirou subitamente do corpete um punhal fino e aguçado e preparou-se para saltar sobre o homem que a abandonava com tanto descaramento.

De repente, uma mão rude pousou-lhe no braço e deteve-lhe o impulso.

– Não! A única coisa que conseguirás é ser esfaqueada pelos outros. Não é assim que deves fazer.

Em desvario, ergueu os olhos para o homem e reconheceu Duchâtelet.

– Que queres dizer?

– Que a vingança é melhor quando não se suja as mãos, e que há até casos em que pode ser proveitosa. Basta saber esperar. Eu soube sempre esperar... Faz como eu, posso ajudar-te. Sabes bem que te amo.

– É verdade? – murmurou Jeanneton com uma voz sem timbre. – Amas-me? ...

III

A Praça de Grève(*)

Desde há algum tempo que Cartouche mudava de residência todas as noites, isto porque também desde há tempos que sofria revezes inexplicáveis. O grande número de cúmplices que o bando possuía assegurava-lhe uma facilidade incontestável, mas aumentava o perigo de traição. Estávamos no mês de Maio de 1721. Quinze dias antes, apanhado numa ratoeira quando, com seis homens do seu bando, operava no palácio do financeiro Pâris-Duverney, Cartouche ficou a dever a salvação apenas à sua agilidade excepcional, que lhe permitira escapar mais uma vez pelos telhados. Mas dois dos seus homens, Jean Petit e La Franchise, tinham sido apanhados pela polícia. E Cartouche não estava tranquilo.

Marie-Antoinette, sua mulher desde há três meses, que ele obrigava a viver sempre em casa do pai por razões de seguran-

---

(*) Actual Praça de l'Hôtel-de-Ville em Paris, onde, no Antigo Regime, se realizavam as execuções e os suplícios. Era aqui que se juntavam as pessoas sem trabalho, que iam para a Grève – origem do vocábulo «greve». (*N.T.*)

ça, conhecia dias terríveis. Receava ouvir um dia o enorme rumor que a informaria da captura de Cartouche, e sempre que via o marido implorava-lhe que a deixasse partilhar a sua sorte, independentemente do que acontecesse.

– Os dias de espera, as noites sem ti, são suplícios, Louis – dizia-lhe ela. – Posso seguir-te, mudar de casa contigo todas as noites.

– Não digas tolices, meu amor! Não és feita para esta vida terrível. Fica aqui, onde sei que estás segura; isso dá-me, pelo menos, paz de espírito e um lugar de felicidade só meu!

– Será que viveremos sempre assim? Gostava de ser como as outras mulheres, viver contigo, ter filhos.

– Assim será... em breve. Peço-te mais seis meses, seis mesinhos, depois partiremos.

– Para onde?

– Para longe... muito longe. Para as ilhas da América. Dizem que é o paraíso. Teremos aí uma grande propriedade, escravos, serás servida como uma princesa. Mas, para isso, é preciso muito dinheiro.

– Seis meses? Não mais? Prometes?

– Prometo! Sê paciente...

Na verdade, a paciência era mais difícil para ele do que para a jovem mulher, pois perdera a grande autoconfiança que constituía a sua força. Alguns dos seus homens não lhe pareciam muito seguros. Teriam medo ou estariam comprados? Não sabia dizê-lo e não tinha provas. Também para isso, para castigar de forma segura, teria de esperar. Mas a espera foi menos longa do que pensava...

Anoitecia. Na rua estreita dos Fossés-de-Nesle, que era profunda como um poço, a noite era quase completa. Cartouche, de mãos atrás das costas e nariz ao vento, caminhava lentamente. Pensava passar a noite no *cabaret* do

A Praça de Grève

Pequeno Mouro e deteve-se diante da porta. Mas quando se preparava para entrar, sentiu, a alguns passos atrás de si, uma sombra que parara bruscamente.

Retomou a marcha, como se tivesse mudado de ideias, mas, pouco mais à frente, parou e voltou-se para trás. Desta vez, era mais do que uma suspeita: uma dezena de homens escondia-se apressadamente em dois portões, um em frente do outro. Então, tomado de um pânico súbito, Cartouche pôs-se em fuga.

Correndo o mais que podia, dobrou a esquina da Rua Bourbon-le-Château e enfiou-se na pequena rua Cardinale, procurando um buraco onde se esconder. Foi então que reparou numa janela aberta no primeiro andar. Um cano permitia-lhe aceder facilmente àquele piso. Ágil como um gato, Cartouche escalou-o, transpôs o varandim e entrou num quarto elegante. Um grito de terror saudou a sua entrada tumultuosa.

Sentada diante do seu aparador, com os longos cabelos soltos sobre os ombros, uma dama de idade madura, mas com boa aparência, experimentava jóias frente ao espelho. A mulher levantou-se tão bruscamente que o seu cofrezinho caiu sobre o tapete.

– Por amor de Deus, madame, não grite – pediu Cartouche. – Juro que não vos quero nenhum mal.

E para provar a sua boa-fé, apanhou as jóias, guardou-as no cofrezinho e pôs tudo em cima do aparador, sob o olhar surpreendido da dama.

– Ora bem, mas quem sois vós?

A vénia do bandido teria honrado o próprio Regente.

– Sou Cartouche, senhora. Estou a ser perseguido por alguns archeiros. Se me apanharem, estou morto. Mas gostaria de vos prevenir – acrescentou ele ao tirar do bolso um par de pistolas inglesas – que não morrerei sozinho! Partiremos juntos...

Senhores da Noite

Como resposta, a dama desatou a rir.

– Guarde então essa artilharia, meu jovem, pois não necessitará dela. Sou a marechala de Boufflers, e não me impressiono nada com esses engenhos. Dizeis que sois perseguido? Acredito, mas que posso fazer por vós?

– Escondei-me aqui, senhora, só por esta noite. Não sei para onde ir. Depois desta noite, juro-vos que desaparecerei e que não ouvireis falar mais de mim.

– Não ouvirei mais falar de si? – exclamou a marechala, rindo cada vez mais. – Mas, meu pobre amigo, só se fala de si em Paris! A vossa promessa significa que ficarei surda, o que não agrada a Deus!

Entretanto, debaixo da janela, elevava-se um tumulto. Pelos vistos, os archeiros revistavam a rua, e Cartouche sentiu-se empalidecer. Notando a crispação da sua mão sobre a pistola, a marechala encolheu os ombros:

– Então, parai de vos atormentar. Eu resolvo isto.

Saindo para o varandim, interpelou rudemente os homens da polícia.

– O que é esta algazarra? Aonde pensam que estão para fazer tanto barulho debaixo da minha janela? Não sabem quem eu sou?

– As nossas desculpas, Senhora marechala – respondeu um dos homens, que conhecia o seu mundo. – Mas procuramos Cartouche.

– Esse terrível bandido? Não pensam que sou eu quem o tem? Procurai mais longe, sargento, e deixai as pessoas honradas dormir em paz.

A marechala fechou resolutamente a janela e depois voltou-se para o visitante:

– E agora, que faço convosco? Tenho de vos esconder. Se os meus criados...

– Chamai Justine, senhora marechala, e, por piedade, mandai-me vir qualquer coisa para comer, morro de fome.

A Praça de Grève

— Justine? Conheceis a minha camareira?

Como resposta, Cartouche riu-se. Justine fazia parte do seu bando desde o início. Era uma rapariga corajosa, fiel e de confiança. Subjugada, a marechala chamou-a e convenceu-se de que o bandido e a camareira eram velhos amigos.

— Pois bem – disse ela com um suspiro resignado –, pedi a Justine o que quereis e, por favor, encomendai para os dois. As emoções cansam e também tenho fome!

Um quarto de hora depois, uma pequena mesa estava posta no quarto e os dois estranhos convivas instalavam-se à volta de uma empada e de uma garrafa de champanhe. Cartouche devorava a comida, mas sem deixar de falar agradavelmente com a anfitriã. Louvou a empada e criticou o champanhe.

— Tenho melhor. Este não é digno de vós.

Terminado o repasto, Justine arranjou uma cama para Cartouche no gabinete contíguo ao quarto da marechala, e os dois novos amigos separaram-se.

Na manhã seguinte, Cartouche despediu-se da sua anfitriã por uma noite.

— Nunca vos esquecerei, senhora marechala – prometeu o bandido.

— Mas é claro que me esquecereis. Para mim, por exemplo, talvez seja mais difícil! Sei que me invejariam ferozmente se soubessem que passei uma noite com Cartouche!

No dia seguinte, a marechala de Boufflers recebia cem garrafas de champanhe directamente proveniente da adega do financeiro Pâris-Duverney. De facto, era muito melhor do que o seu.

No entanto, apesar do sangue-frio e da elegância de que Cartouche dera provas nesta aventura, percebia que os revezes se sucediam e, a pouco e pouco, foi perdendo o domínio

Senhores da Noite

sobre si próprio, que era a sua melhor defesa. Dos revezes iria passar insensivelmente para os erros, que se revelariam mortais.

Como o estalajadeiro da Espada de Madeira lhe fez saber que desejava abandonar o bando, tal como era seu direito segundo os estatutos geralmente aceites, Cartouche, furioso, resolveu fazer dele um terrível exemplo. Na noite de 4 de Agosto de 1721, a sua casa é assaltada, pilhada e incendiada. O estalajadeiro, felizmente, consegue

fugir. Avisa a polícia e, na aventura, Cartouche perde quinze homens: sete mortos e oito prisioneiros. Entre estes, o seu tio Tanton, que há muito se juntara ao bando, aliciado pela fama das faustosas rapinas do sobrinho.

Ora, no bando, não está apenas o tio; está também o filho, primo de Cartouche. Pierrot é um rapaz simpático, não muito malicioso, e adora o pai. Sabê-lo nas mãos dos archeiros enlouquece-o. Pensa demasiado no que lhe pode acontecer. Então, Cartouche começa a ter medo. Para libertar Tanton, será que Pierrot não o entregaria, a ele, Cartouche? Foi então que, certa noite, levou o primo até a uma zona deserta de Montparnasse. Em pleno campo, empunhando a sua famosa pistola inglesa, afirmou:

– Desolado, meu velho. Mas não posso fazer outra coisa.

E, sem hesitar, dá-lhe um tiro na cabeça e enterra-o debaixo de um monte de esterco.

Apesar dos receios, Cartouche não quer admitir que a sua estrela deixou de brilhar. É demasiado orgulhoso para tal. Era o chefe incontestado, obedecido ao primeiro sinal. E quer continuar a sê-lo. À mínima palavra, à mais ligeira suspeita, Cartouche mata ou, simplesmente, ameaça de tal modo que o seu medo depressa se apodera dos homens do bando, até dos mais fiéis, como o seu amigo Beaulieu, que tenta em vão chamá-lo à razão.

A Praça de Grève

— A traição só existe em ti mesmo, Louis. Mas um dia acabarás por a suscitar realmente. Os teus homens temem-te demasiado.

— Nunca me temerão o suficiente! Um verdadeiro chefe deve ser obedecido sem discussão.

Só uma pessoa, talvez, poderia conseguir chamar Cartouche à razão. Mas, desse lado, as ordens são formais: Marie-Antoinette deve manter-se fora dos assuntos do bando. Quem lhe perturbasse a tranquilidade teria de se haver com Cartouche. Marie-Antoinette, aliás, ignora a maioria dos crimes do marido. Para ela, Cartouche rouba, é verdade, mas um pouco à maneira de Robin dos Bosques: tira aos ricos aquilo que têm de mais e dá uma parte do roubo aos pobres.

Cartouche sabe isso e preocupa-se, talvez mais do que com a sua própria segurança, com o amor ingénuo da jovem mulher. Para ela, o marido é o próprio Bom Deus e pretende continuar a sê-lo. Desgraçado de quem arruinasse a bela imagem que Marie-Antoinette traz no coração.

Não há dúvida de que Cartouche esqueceu completamente Jeanneton-Vénus e o fervoroso amor, mais carnal do que espiritual, que os uniu durante muito tempo. Ela continua a fazer parte do bando e cumpre a sua função tão bem quanto antes. Tem sempre um sorriso para ele, uma brincadeira. Deixa-se até beijar quando, por acaso, Cartouche tem vontade, como quando lhe apetece uma maçã ou um copo de vinho. Mas, no fundo do coração, Jeanneton-Vénus espera a sua hora: Duchâtelet, que se tornou seu amante, prometera-lhe que já não tardaria muito.

— Cartouche perdeu confiança em si mesmo — disse ele. — Agora tem medo e, em breve, abandonar-nos-á para ir procurar fortuna noutro lado com a sua loura. Temos de o apanhar, e quanto mais depressa melhor.

Foi assim que, certa noite, Jeanneton se encontrou na cidadela diante do major-ajudante Pacôme, na companhia de Duchâtelet.

— Cartouche muda de casa todas as noites — disse ela. — Era preciso vigiar todos os seus «esconderijos».

— Era preciso, sobretudo — riposta Pacôme —, que nos pudesses indicar a tempo um local onde ele passe a noite.

— Ele vai com frequência — interveio Duchâtelet — ao *cabaret* da Pistola, em Ménilmontant. Mas não todas as noites.

— Irá amanhã — promete subitamente Jeanneton. — Não desconfia de mim; se combinar com ele, irá. Caberá a vós, então, fazer o vosso trabalho.

O major-ajudante esboçou um grande sorriso de satisfação.

— Se fizeres bem o teu, o nosso será perfeito. E fizeste bem em vir. Se não, este patife — e aponta para Duchâtelet — poderia há muito conhecer o carrasco. Tínhamo-lo debaixo de olho...

Jeanneton nada disse, mas percebeu. Afinal, não fora para ajudá-la a vingar-se que Duchâtelet a levara a trair Cartouche, mas sim para salvar a própria pele. Seja! Cartouche morrerá. Aliás, ela já não aguenta sabê-lo vivo e com outra. Quando o evoca nos braços de Marie-Antoinette, Jeanneton sente-se enlouquecer. Mas Duchâtelet não a levará ao paraíso.

Tudo se passou como Pacôme esperava. Sem suspeitar, Cartouche foi ao Pistola. Instalado no seu quarto habitual, espera Jeanneton na companhia de três dos seus homens, com os quais joga às cartas e bebe vinho. Ignora que importantes forças da polícia se reúnem nas proximidades do *cabaret*. Por volta das dez horas, chega Duchâtelet, acompanhado de Pacôme.

— Vou subir com amigos — disse Duchâtelet ao estalajadeiro aterrorizado. — Estão lá senhoras?

A Praça de Grève

Esta frase era o sinal combinado com Jeanneton.
– Sim... sim, estão – balbucia o estalajadeiro. – No quarto habitual.

Então, tudo se passou muito depressa. A porta é arrombada e, antes de alguém ter tempo de fazer um gesto, Cartouche e os seus três companheiros são amarrados e levados para fora do quarto. Lá fora, ao passar por Duchâtelet, compreende tudo e cospe-lhe na cara. Mas está preso e bem preso: levam-no para a prisão do Grand Châtelet.

Extraordinariamente, por ordem do Regente, recebe um tratamento especial na prisão. Come bem e a sua cela é limpa. A instrução do seu processo inicia-se no dia seguinte, com formas de cortesia que mostram a consideração que por ele tinham.

Ao magistrado, que lhe dissera como era lamentável que uma personalidade como a sua tenha enveredado pelo mau caminho e obrigado o governo a puni-lo, Cartouche responde:

– Meritíssimo juiz, nunca esquecerei a vossa amabilidade. Também eu tenho o prazer de vos oferecer esta pequena lembrança de mim... – E estendeu ao juiz o relógio que lhe tinha furtado; o tribunal não conteve o riso. Este Cartouche é incorrigível! Mas é muito divertido.

Aliás, desde que tinha sido detido, Cartouche recuperara algumas das suas qualidades. O medo desaparecera. Encara calmamente o destino, tanto mais que tem a certeza de que será libertado. O seu bando é ainda muito numeroso, mais forte do que se imagina, e há o juramento prestado na primeira noite, na pedreira do baldio: os seus homens farão o impossível para o livrar do cadafalso. E nos seus sonhos, Cartouche vê já a cena que, para ele, será um verdadeiro triunfo: na praça de Grève, estarão todos os seus homens, bem armados! Com uma força irresistível, libertá-lo-ão dos guardas e ele fugirá, talvez sob a aclamação da multidão...

E como poderia ele duvidar da sua popularidade? Na cela onde vive com os seus três camaradas, as visitas sucedem-se. O número de pessoas que querem ver o célebre Cartouche é inimaginável! Levam-lhe comida e vinho, comem bolos e divertem-se.

Certo dia, vê a porta abrir-se para alguém cuja vinda o surpreende. É a marechala de Boufflers... Traz uma garrafa de champanhe na mão.

– Pensei – disse ela – que talvez teríeis falta de champanhe aqui, e trouxe-o. Tendes razão – acrescentou, esforçando-se por sorrir –, é melhor do que o meu.

Mas tinha lágrimas nos olhos e Cartouche, comovido, nada conseguiu dizer. Silenciosamente, beijou os dedos trémulos da generosa mulher, que, com um gesto de despedida, saiu precipitadamente para esconder a emoção. Quando ela se foi embora, Cartouche apercebeu-se de que lhe deixara algum ouro.

É evidente que, nestas condições, o advogado de defesa de Cartouche, que jurava chamar-se Jean Bourguignon e nunca ter falado com Cartouche, nada tinha onde se agarrar. Mas Cartouche teimava, afirmando que não sabia ler nem escrever.

Para o obrigarem a confessar, confrontaram-no com a mãe. Mas enquanto a pobre mulher chorava desesperadamente, Cartouche mantinha um rosto de mármore e deixava-se abraçar sem manifestar a menor emoção. Estava farto... e resolveu fugir.

Por razões de segurança, tinham-no separado dos seus homens e deram-lhe como companheiro de cela um jovem preso por roubo. Ora, Cartouche notara que, num canto da cela, a parede soava a oco.

– Devemos estar por cima de um esgoto. Se quiseres, camarada, podemos fugir os dois. Uma vez fora daqui, posso dar-te abrigo e terás todo o ouro que quiseres.

A Praça de Grève

O rapaz não pedia mais. Os dois homens puseram-se de imediato ao trabalho para arrancar uma laje e fazer um buraco com o auxílio das correntes de Cartouche. Muito rapidamente, conseguiram escavar uma abertura suficientemente larga para os deixar passar. Cartouche e o seu novo companheiro encontraram-se numa espécie de fossa de esgoto.

O sítio nada tinha de agradável, mas a parede que o cercava estava carcomida por salitre. Os fugitivos escavaram-na facilmente e viram-se na cave de uma frutaria.

– Estamos salvos – suspirou Cartouche. – Agora será fácil chegar à rua.

– Encontrar-nos-ão... nem que seja pelo cheiro! – disse o jovem, fazendo uma careta.

A sorte, decididamente, não estava do lado deles. Ao abrirem suavemente a porta da cave, os latidos de um cão acordaram toda a casa. Desta vez, um cãozinho irritante tinha sido o instrumento do destino.

O dono da frutaria acorreu, de camisa, empunhando um bacamarte, enquanto a sua mulher, à janela, gritava: «Socorro!»

Capturados, Cartouche e o camarada foram separados. Os magistrados já não consideravam seguro o presídio do Châtelet e transferiram o bandido para a prisão do Palácio da Justiça, na Torre Montgomery, onde foi posto a ferros. Quatro homens guardavam a porta dia e noite. Ao mesmo tempo, o processo avançava e, no dia 26 de Novembro de 1721, Cartouche era condenado ao suplício na roda, na praça de Grève, depois de passar pela tortura ordinária e extraordinária.

Cartouche recebeu a sentença de forma impassível. Certamente, a roda ainda iria esperar muito por ele: estava convicto de que os seus homens não o deixariam ir para o suplício e que o libertariam quando a carroça fatal chegasse ao local da execução.

Senhores da Noite

Foi a pensar nisso que na manhã de 27 de Novembro, dia da sua execução, sofreu a tortura do borzeguim com uma coragem que suscitou a admiração do juiz encarregado de o interrogar. Suportou as oito cunhas que lhe esmagavam as pernas sem parar de repetir que estava inocente e que não sabia o queriam dele. Moribundo, sonhava com a liberdade.

A Praça de Grève estava repleta de gente. Havia pessoas até nos telhados, e todas as janelas tinham sido alugadas a preço de ouro. Estavam lá nobres e plebeus. Dizia-se até que, escondido atrás de uma janela, o Regente observava a cena. Quando a carroça que transportava o condenado apareceu, ouviu-se um longo murmúrio.

De pé e preso às grades da carroça, lívido mas impassível, Cartouche contemplava aquela multidão. Sem as cordas que o prendiam, não podia suster-se nas suas pernas partidas, mas ainda assim mostrava coragem. A liberdade já não estava longe. Ela esperava-o... ali, por entre aquela multidão, e, ansiosamente, perscrutava todos os rostos, procurando reconhecer as caras amigas, o sinal de inteligência que lhe daria coragem. Desde a prisão que suportara mil mortes. A confissão pública fora um suplício e, agora, desejava que tudo passasse depressa, muito depressa, para que pudesse finalmente descansar, tratar-se, reviver após aquela agonia.

Ao chegar perto do cadafalso erguido frente à Câmara Municipal, a carroça deteve-se. Retiraram o condenado. Com um olhar, Cartouche vislumbrou a roda.

– Aí está – murmurou ele – uma coisa com mau aspecto.

Em seguida, o seu olhar inquieto voltou-se para a multidão, procurando desesperadamente o auxílio esperado. Mas o mar humano permanecia imóvel e silencioso. Nenhum movimento o agitava, nada que revelasse a presença dos seus homens. O carrasco já tentava obrigá-lo a subir os degraus do cadafalso e ninguém se mexia.

A Praça de Grève

Foi então que Cartouche compreendeu que o tinham abandonado, que ninguém viria em seu socorro, que o juramento da pedreira de nada servia. Iria morrer, morrer dentro de momentos, e de uma morte horrível...

A ira apoderou-se dele. Voltando-se para o oficial que presidia à execução, gritou:

— Levai-me aos juízes! Quero falar...

Levaram-no para a Câmara Municipal. Como a noite já caía, acenderam archotes. A multidão instalou-se à espera, enquanto os guardas conduziam Cartouche ao salão.

— Pedistes para falar? — perguntou o conselheiro Arnaud de Bouex, que dirigira o processo. — Confessais finalmente que sois Cartouche?

— Sou Cartouche, de facto! E vou dar-vos os nomes dos meus cúmplices.

Durante horas, com uma alegria selvagem, falou: deu nomes e mais nomes e endereços. À medida que ia fazendo as denúncias, os guardas iam e vinham, trazendo homens, mulheres assustadas, que, à luz das velas, piscavam os olhos, como mochos retirados dos seus buracos. Ao bando, que a pouco e pouco se reconstituía diante de si, Cartouche disse, em tom de desprezo:

— Haveis-me abandonado. Mas continuo a ser o vosso chefe e a comandar-vos, mesmo na morte.

Só dois escaparam às buscas: Duchâtelet, que encontraram no seu quarto, apunhalado pelas costas; e Jeanne-Vénus, em parte incerta.

Quando terminou, Cartouche pediu que o deixassem beijar a mulher, especificando que ela nunca soubera nada dos seus crimes. Marie-Antoinette veio, tão branca quanto a sua touca. O casal beijou-se com uma ternura desesperada, sem poderem dizer uma palavra. Em seguida, afastando-se da mulher em lágrimas, Cartouche voltou-se para o chefe dos archeiros:

– Sou vosso, agora. Despachai-vos!

Levaram-no para o cadafalso. A praça transformara-se num enorme acampamento. As pessoas comiam, bebiam ou dormiam. Com uma coragem assustadora, Cartouche deitou-se na cruz onde o carrasco lhe esmagaria os ossos antes de o instalar na roda.

– Nada mais tenho a dizer – afirmou.

E sofreu o terrível suplício sem proferir uma única queixa. Levaram-no para a roda, onde, ao fim de meia-hora, o algoz o estrangulou. Desta vez, Cartouche estava realmente morto.

Mas quando o carrasco desmontou o seu cadafalso, encontrou por baixo dele o cadáver de uma bela rapariga morena mergulhada no seu próprio sangue, com um punhal espetado no peito. Era Jeanneton-Vénus, que quis seguir na morte o único homem que alguma vez amara...

O Mago

Cagliostro

I
Lorenza

O dia caía gradualmente, revelando as sombras da igreja e desvanecendo as cores dos vitrais. Contudo, Lorenza não se decidia a deixar a Igreja de San Salvatore. Há horas que estava ajoelhada nas lajes frias, junto ao altar-mor, quase sem ousar mexer-se, e muito menos virar a cabeça, para não encontrar o olhar que tanto a amedrontava.

Desde que entrara na igreja que sentia aquele olhar pousado sobre a sua cabeça coberta por um véu negro, sobre os seus ombros, cada vez mais opressivo, mais imperioso, e ela sabia bem que se se voltasse, se se cruzasse com aquele olhar, ficar-lhe-ia submetida, como já uma vez ficara.

Há cerca de quinze dias, ao chegar à Igreja de San Salvatore para a missa da tarde, a jovem encontrara no adro um homem de 25 ou 26 anos, todo vestido de preto, que parara ao vê-la. Cumprimentara-a, mas sem lhe dirigir a palavra, limitando-se a olhá-la. Mas, depois, os olhos daquele homem começaram a assombrá-la. Olhos como ela nunca tinha visto: negros, extraordinariamente brilhantes, de uma profundidade quase sobrenatural. Ao vê-los, Lorenza começou por sentir-se gelada até à alma e depois a arder de febre, de tal modo que nem sequer reparou no rosto do homem de negro. Benzeu-se receosamente, como se estivesse na presença do Diabo, e, depois de entrar apressadamente na igreja, rezou de forma mais fervorosa do que o habitual.

No dia seguinte, o homem estava lá outra vez. Sempre calado, limitando-se a cumprimentá-la; mas todos os dias, ao chegar a San Salvatore, Lorenza encontrava-o na igreja, sempre imóvel e silencioso. O seu medo transformara-se em terror. Ainda que todas as noites jurasse solenemente não mais voltar a San Salvatore, quando se aproximava a hora da missa agarrava no seu manto, no véu, no missal e, movida por uma força contra a qual lhe era impossível lutar, voltava à igreja.

Naquele dia tinha sido ainda pior. Em vez de ficar no adro e depois ir-se embora, o desconhecido seguira-a. Ainda que não o tenha visto entrar, sentia que ele estava ali. E agora, sentia-se enlouquecer. O tempo passava. Dali a momentos viriam fechar a igreja. Tinha de sair, ir para a praça deserta, encontrar-se com o desconhecido. Só face a esta ideia, Lorenza, como boa romana supersticiosa, sentia-se desfalecer.

Subitamente, viu uma pequena porta abrir-se na parede. A silhueta curvada do sacristão apareceu. Vinha apagar as velas e fechar a igreja. Lorenza lembrou-se então que aquela porta dava para o antigo claustro, e que, desse claustro, podia chegar à pequena praça sobre a qual se abria o palácio Lancellotti.

A escuridão tornava-se cada vez mais espessa. Já só se via a lamparina vermelha do coro. Convencida de que se confundia com a sombra das colunas, a rapariga deixou o seu lugar sem fazer o mínimo ruído e, leve como uma nuvem, introduziu-se no claustro. Havia aí ainda alguma luz, que destacava vagamente os arcos renascentistas da desordem do jardim.

Lorenza

Apanhando a saia com as duas mãos, Lorenza encaminhava-se para a saída quando uma voz a deteve:
— Lorenza Feliciani — disse a voz. Aterrorizada, com o coração aos saltos, a jovem não se mexeu, e a voz recomeçou com grande suavidade:
— ... Lorenza Feliciani, por que tendes medo de mim? Vamos, virai-vos. Ousai olhar-me de frente!
Como ela se mantinha imóvel, a voz tornou-se imperativa.
— ... Olhai-me! Ordeno-o!
Então, ela virou-se e, bruscamente, todo o medo desapareceu. Esquecendo por um instante o olhar que tanto a aterrorizava, reparou que o desconhecido era belo. Tinha a pele morena, cabelos negros, simplesmente atados sobre a nuca e puxados para trás, descobrindo uma testa alta. Quando lhe sorria, fazia também com que ela visse o brilho dos seus dentes alvos.
Aproximou-se até lhe tocar e tomou-lhe a mão, sem que ela o impedisse.
— Não deveis ter medo de mim. Não vos quero mal algum, pelo contrário!
— Que quereis então?
— Olhar-vos. Sois tão bela! E também fazer de vós minha mulher, se o quiserdes.
Lorenza retirou bruscamente a mão, como se de repente tomasse consciência do contacto do desconhecido, e virou a cabeça.
— Não! Não, é impossível. Estou prometida a Deus. Vou entrar no convento!
— Eu sei. Mas não ireis para o convento. Seria uma pena. Casareis comigo, Lorenza.
— Nunca! Nem sei quem sois.
— Em Roma, chamo-me Joseph Balsamo, estou ao serviço do cardeal Orsini!...

Enquanto falava, Balsamo estendia a mão e, tomando o queixo da jovem entre os seus dedos, obrigou-a suavemente a virar a cabeça, a erguer os olhos para si.

Mais uma vez, Lorenza ficou prisioneira do estranho olhar. Sentia a vontade abandoná-la e um súbito desejo de dormir. Do fundo de um sonho, ouviu:

– Casareis comigo, não é?
– Sim... casarei.

Lorenza Feliciani não era de família nobre. Era filha de um simples fundidor de ouro, efectivamente prometida ao convento, que era a única forma de uma rapariga sem dote alcançar uma condição respeitável. Além disso, facilmente inclinada para o maravilhoso, dotada de uma devoção estrita de carácter supersticioso, desde criança que Lorenza estava habituada a considerar a Terra como um lugar de perdição e Roma como uma antecâmara do Inferno em tudo o que não era a Igreja, o círculo papal e o Santo Ofício. Pensava que o único abrigo para uma alma pura, contra os males do mundo, eram as paredes sólidas e cegas de um convento.

Contudo, tão poderosa era a estranha influência que Balsamo exercia sobre ela que aceitou cegamente desposá-lo, sem sequer avisar os pais.

– Deixaremos Roma assim que a cerimónia terminar – disse-lhe o estranho noivo. – O cardeal Orsini confiou-me uma missão. Iremos para Veneza.

Lorenza aceitou sem hesitar. Com efeito, como é que iria dizer à família que, em vez de entrar no convento das dominicanas de San Sisto, iria casar com um homem que só vira à porta de uma igreja e acerca do qual quase nada sabia? É verdade que lhe dissera ter nascido em Palermo e passado toda a juventude num mosteiro, onde aprendera a medicina e a química. Mas, acerca dos seus pais, conservava uma discrição total.

Lorenza

— A minha mãe era uma mulher bela e infeliz; quanto ao meu pai, está numa posição tão elevada que não pode reconhecer-me como filho sem se desgraçar. O meu único lar são as estradas, Lorenza... Deveis seguir-me para onde vos levar.

Lorenza não conseguiu saber muito mais, mas Balsamo impunha-se-lhe de tal modo que ela nem queria aprofundar o assunto.

— Seguir-vos-ei... — foi a sua única resposta.

Com efeito, gradualmente, à medida que se aproximava o prazo de quinze dias fixado para o casamento, os pensamentos de Lorenza iam evoluindo. Apegara-se àquele belo rapaz de voz doce e imperativa. Bastava que ele mergulhasse as pupilas cintilantes nas suas para que Lorenza passasse a sentir apenas uma necessidade profunda de ficar ao pé dele, de o ouvir, olhar, e quase de se fundir nele. Tão bem que ele sabia dizer-lhe que a amava!

Numa noite de Abril de 1769, um velho padre de San Salvatore, que o noivo parecia conhecer bem, uniu para o resto da vida Joseph Balsamo e Lorenza Feliciani na presença de duas testemunhas, anunciadas como dois servidores do cardeal Orsini, que desapareceram como sombras logo que a cerimónia terminou.

— Agora, és minha mulher — afirmou seriamente Balsamo à saída da igreja. — Nunca te esqueças, Lorenza, que me pertences de corpo e alma, que não deves ter outra vontade que não a minha. Nada do que me vejas fazer te deverá incitar a levantar questões. Da mesma maneira, nunca deverás revelar, a quem quer que seja, sob qualquer pressão, aquilo me verás a fazer.

— Obedecerei! — prometeu a jovem, subjugada.

— Jura!

— Juro...

— Então, pela minha parte, juro fazer todo o possível para te fazer feliz. Agora, vem.

Momentos depois, uma rápida diligência levava os recém--casados para Veneza. Assim que transpuseram as portas de Roma, estas fecharam-se para a noite.

Em Veneza, Lorenza Balsamo descobriu o amor nos braços do marido. Mas descobriu também coisas estranhas. Por vezes, o marido levava-a de noite a alguma residência patrícia, onde a apresentava muito solenemente a pessoas cujos nomes ela nunca chegava a reter. Em seguida, fazia-a sentar-se num tamborete no centro da sala e punha-lhe a mão na cabeça, ordenando-lhe que dormisse.

Quando despertava desse sono bizarro, Lorenza não se lembrava de nada, para além de uma série de sonhos fantasmagóricos que lhe deixavam a cabeça pesada. Não ousava fazer perguntas, tanto o marido a impressionava, mas não ficou muito tranquilizada quando ele lhe disse:

— Deus conferiu-te um dom precioso, graças ao qual as coisas do futuro se revelam apenas a mim. Não receies quando te ordeno que durmas, pois tornas-te então santa e preciosa entre todas.

Tratava-se de uma linguagem bastante obscura para uma jovem romana quase ignorante. Tanto mais que o comportamento de Balsamo se tornava cada vez mais bizarro. Tinham chegado a Veneza na companhia de um tal marquês de Agliata, fidalgo siciliano ao serviço do rei da Prússia, com quem Joseph tinha assuntos a tratar por conta do cardeal Orsini. Ora, logo que chegaram, o dito Agliata desapareceu subitamente, levando consigo não só o dinheiro dos Balsamo, como também as letras que o cardeal Orsini confiara ao seu enviado, graças às quais extorquiu ouro de dois ou três lorpas, em nome de Balsamo. E, certa noite, vieram detê-los para os levar ao Procurador.

Lorenza

Enquanto Lorenza, aterrorizada, desatava a soluçar, convencida de que o machado do carrasco a esperava, Balsamo defendeu-se vigorosamente. Tinha sido vítima de um vigarista e nada tivera que ver com os seus actos. Libertaram-no, mas a sombria cólera que dele se apoderara ao descobrir o roubo ainda não se tinha esgotado.

— Vamos embora — disse ele à jovem assustada. — Esse homem, que me roubou, pretendo encontrá-lo... Ninguém dirá que fui enganado por um patife.

— Mas vamos embora, como? Já não temos dinheiro, nem documentos. Não nos deixarão atravessar as fronteiras dos Estados de Veneza.

— Deixa isso comigo!

Balsamo pôs mãos à obra, e Lorenza descobriu que o marido era, ao mesmo tempo, um grande artista e um falsário habilidoso. Para arranjar dinheiro, copiou alguns desenhos de Rembrandt, que vendeu facilmente, enquanto continuava a submeter a mulher a sessões de hipnotismo. Para obter passaportes, fabricou-os pura e simplesmente. Quando os mostrou, sorrindo, a Lorenza, a jovem aterrorizada benzeu-se apressadamente duas ou três vezes.

— És o Diabo, Joseph! Acho que me levarás à perdição!

Balsamo tomara-a então nos braços e beijara-a apaixonadamente.

— Levar-te-ei à felicidade, Lorenza! À fortuna! Serás rica, usarás as mais belas roupas, as mais belas jóias. Quero ouro para ti, muito ouro, e as mais belas pedras preciosas. Mas, antes, tenho de me vingar.

Por que meio, apenas por si conhecido, é que Joseph Balsamo descobriu o rasto do seu ladrão? Foram os segredos de uma série de personagens barrocas: barqueiros, soldados, ciganos ou simples camponeses encontrados na estrada, aos quais lhe bastava sussurrar algumas palavras ao ouvido para obter uma informação, uma indicação. Este rasto conduziu o casal a Milão.

— D'Agliata está aqui — disse Joseph. — Em menos de dois dias encontro-o.

— Que vais fazer?

Ocupado a cobrir-se com um longo manto negro com capuz que o tornava quase invisível, Joseph suspendeu por momentos o que estava a fazer e franziu as sobrancelhas.

— Quando casámos, juraste nunca fazer perguntas! Esqueceste o teu juramento?

— Não... mas tenho medo, Joseph! Não sei porquê, tenho muito medo.

— Nada tens a temer. Só o homem que me roubou e que me impossibilitou o regresso para junto do cardeal Orsini é que deve ter medo. Provocou o fracasso da minha missão. Quase me desonrou. Vou vingar-me.

Duas noites depois, a jovem viu-o regressar, muito tarde, à miserável estalagem onde residiam, perto dos fossos do castelo Sforza. Trazia debaixo do braço um grande embrulho e parecia muito contente.

— Vamos embora — disse-lhe ele, alegremente.

— Para onde vamos?

— Para Espanha. Agora viajaremos como peregrinos: o barão e a baronesa Balsamo, a caminho de Santiago de Compostela.

— Como peregrinos? Mas porquê?

— Porque os peregrinos recebem caridade ao longo do caminho e porque já não podemos ficar aqui. De manhã, a polícia andará à nossa procura.

Enquanto falava, retirava da bainha a longa espada que trazia à cintura e Lorenza, aterrorizada, viu que a arma tinha ainda vestígios de sangue.

Lorenza

— D'Agliata está morto! — acrescentou Balsamo. — Estou vingado, mas temos de fugir. Veste-te: tenho aqui dois trajes de peregrino. Temos de passar as portas de Milão assim que abrirem.

Não era preciso dar mais explicações. A visão do sangue assustara demasiado Lorenza para que pensasse sequer em discutir. Contudo, ousou perguntar:

— Porquê Espanha?

— Porque, aí, um homem habilidoso pode arranjar facilmente ouro e até pedras preciosas, sem os quais não é possível haver fortuna nem poder. É isso que vamos procurar em Espanha, Lorenza!

Ouro, pedras preciosas! Lorenza já descobrira o fascínio que estes exercem sobre o marido. Ele, que em todas as circunstâncias se mostrava tão senhor de si mesmo, era capaz de perder o controlo por um saco de ouro ou por uma gema cintilante. Lorenza ouviu-o murmurar:

— As mais belas pedras! Os mais belos diamantes! Um dia... sim, tê-los-ei, e, com eles, reinarei.

Algumas semanas depois, numa noite de Janeiro de 1770, dois peregrinos apresentavam-se à porta da estalagem do «Bom Rei René» em Aix-en-Provence. Os seus mantos decorados com conchas estavam cobertos de poeira e o aspecto deles não abonava nada a favor da sua riqueza. Por isso, o estalajadeiro hesitou em recebê-los. Mas um dos recém-chegados era uma jovem deslumbrante, loura e frágil, com um rosto fino e ar distinto. Parecia tão cansada que o digno homem acabou por os aceitar. Aliás, o homem, um figurão de profundos olhos negros, já o tranquilizara, com desdém.

— Nada tens a temer pela conta, estalajadeiro. Somos peregrinos, mas não mendigos. O teu melhor quarto para o barão e baronesa Balsamo, a caminho de Compostela da Galiza.

Senhores da Noite

O estalajadeiro apressou-se, tranquilizado e arrependido. Com muitos salamaleques, conduziu os hóspedes a uma mesa situada perto da chaminé. Um carneiro inteiro estava a assar, com um agradável cheiro a funcho e a alecrim.

– Um instante, só um instante! Só o tempo de preparar o quarto. A senhora baronesa que se sente um pouco. Parece tão cansada...

A alguns passos dali, um viajante elegante, que fumava o seu cachimbo e bebia um pichel de vinho rosé, parecia partilhar inteiramente da opinião do estalajadeiro. O seu olhar não se desviava do bonito rosto de Lorenza, pálido e marcado pela fadiga. É que, desde Milão, o caminho tinha sido longo e duro, apesar da caridade de alguns viajantes que se apiedavam da juventude e do ar cansado da rapariga. Com cerca de quarenta e cinco anos, alto e bem constituído, o homem envergava um elegante fato de montar de veludo cinzento com galão de prata. O seu rosto, sobretudo, era atraente: muito moreno, sob uma peruca empoada, tinha um nariz arrogante, lábios grossos e vermelhos, dentes cintilantes e olhos negros, vivos e alegres. Quando Joseph foi buscar Lorenza para a levar ao quarto, o desconhecido levantou-se da mesa e fez uma vénia profunda à jovem, que, corada, lhe devolveu o cumprimento; Lorenza subiu a escada e o homem seguiu-a com os olhos até ela desaparecer.

Logo que a porta se fechou atrás deles, Balsamo exprimiu a sua satisfação.

– Desta vez, acho que não temos de nos preocupar como pagar a estalagem – disse ele, esfregando as mãos. – Acertaste logo no alvo.

– Que queres dizer?

– Que despertaste grande interesse no homem lá de baixo e que, com um sorriso, farás dele um escravo totalmente disposto a pagar-nos a conta!

Lorenza

Lorenza estremeceu e afastou-se do marido. Estendeu as mãos enregeladas ao fogo, que ardia alegremente na lareira.
– Não! – murmurou ela. – Não, Joseph! Esta noite não. Não me peças isso. Não quero!
Com efeito, desde que tinham saído de Milão, Balsamo amoedara sem pejo a piedade dos viajantes encontrados no caminho. A beleza de Lorenza chamava a atenção, a sua situação precária emocionava-os e, mais de uma vez, as contas das estalagens tinham sido assim pagas por desconhecidos prestáveis, certos de que os sorrisos da jovem encerravam uma promessa de aventura. Até então, Lorenza, subjugada pelo marido, prestara-se a esse jogo perigoso. Mas naquela noite não queria; talvez porque, desta vez, tratava-se de um homem atraente, e que lhe agradava.
Balsamo aproximou-se dela suavemente e, pousando as mãos nos ombros da jovem, perguntou:
– Não queres?
– Não!
Brutalmente, obrigou-a a voltar-se, agarrou-lhe na cabeça com os dedos, que se haviam tornado duros como aço, e obrigou-a a olhar para ele.
– Mas eu quero, Lorenza! Farás o que te mando... Serás amável com esse estrangeiro, muito amável. E obedecer-me--ás. Estás a ouvir-me? Assim o quero!
Lorenza fechou e abriu as pálpebras enquanto que as suas pupilas se dilatavam como as de um pássaro fascinado. Mais uma vez derrotada, murmurou:
– Sim, Joseph, obedecerei.
Balsamo ficou algum tempo sem se mexer, os olhos colados aos da mulher. Depois, com um gesto rápido e terno, encostou-lhe dois dedos às pálpebras, obrigando-as a fecharem-se.
– Descansa um pouco, o cansaço irá passar.

Senhores da Noite

Dócil, Lorenza deixou-se conduzir a uma poltrona e adormeceu.

A manhã seguinte encontrou os Balsamo a cavalgar com o novo amigo através das secas colinas provençais, salpicadas de ciprestes negros e oliveiras prateadas. Fascinado pela beleza de Lorenza, o desconhecido colocara-se inteiramente ao serviço deles, e, tendo dito que ia também para Espanha, propôs fazerem o caminho juntos. Chegou até a comprar dois cavalos para os seus novos amigos.

Era igualmente Italiano. Um Veneziano, que lhes disse chamar-se Giacomo Casanova de Seingalt, cavaleiro e, visivelmente, grande apreciador de mulheres. Mas, se amava as mulheres, Casanova sabia também seduzi-las, e Lorenza depressa se apercebeu de que o seu encanto era temível. Galanteava-a fortemente, pouco se escondendo do marido e aproveitando todas as ocasiões para falar a sós com ela.

Certa tarde, já perto da fronteira de Espanha, quando os dois se passeavam no jardim da estalagem enquanto esperavam o jantar, Casanova ousou propor a Lorenza que ficasse consigo.

— Em breve, estaremos em Barcelona, onde tenho amigos. Aí, poderei livrar-vos de vosso marido. Será fácil fazer com que Balsamo seja detido durante alguns dias por qualquer pretexto vago, o que nos dará tempo para desaparecer. Depois, libertam-no, com muitas desculpas, mas nós já estaremos longe. Comigo, sereis livre, feliz... Não sois feita para esse homem que vos amedronta.

— É verdade, ele amedronta-me! Faz-me tanto medo que já não sei se o amo ou se o temo... Ajudai-me! Tendes sido tão bom, confio em vós...

Lorenza deteve-se. De trás de uma mata de loureiros, apareceu Balsamo, que avançava na direcção deles a passo lento, cheirando uma flor que acabara de colher.

Lorenza

– Que tarde maravilhosa – disse ele, sorrindo-lhes benevolamente. – Podia-se ficar aqui a noite toda, mas acho que é melhor entrarmos, pois o jantar está servido.

Alguns dias depois, quando chegaram a Barcelona, o cavaleiro Casanova de Seingalt teve a surpresa de ser preso por ordem do vice-rei e da Santa Inquisição por declarações ímpias e incitação ao deboche. Mas Casanova tinha conhecimentos e não teve qualquer dificuldade em livrar-se da perigosa acusação. Limitaram-se a devolvê-lo, sob boa guarda, à fronteira.

E Lorenza, apavorada, voltou a cair nas mãos do marido.

II

Os topázios do Português

A festa estava no auge nos salões do palácio das Picoas, um dos mais antigos e belos de Lisboa, dos poucos que o grande terramoto de 1755 havia deixado de pé. Toda a sociedade estava ali concentrada, em trajes engalanados e vestidos sumptuosos, talhados em cetins brocados a ouro ou prata, tecidos nas Índias mas seguindo a última moda de Paris. As mulheres, e talvez ainda mais os homens, ostentavam estendais de joalharia, que se dobravam sob o peso das pedras multicolores que decoravam roupas, gargantas, punhos, cabeleiras, decorações e ramos de leques.

Havia mulheres muito belas, mas admirava-se, sobretudo, a beleza da condessa di Stefano, uma nobre italiana cujo marido, muito versado nas ciências ocultas, atraía toda a cidade ao seu gabinete do Terreiro do Paço.

No entanto, a condessa não usava, longe disso, tantas jóias quanto as outras mulheres, mas o seu vestido de cetim nacarado, guarnecido de rosas pálidas e entrelaçamentos prateados, as ondas de rendas que lhe realçavam os cotovelos e a garganta, o belo arranjo dos seus cabelos empolados e decorados com rosas, tudo, até o seu grande leque de renda branco e o folho que lhe rodeava o pescoço estreito, trazia a marca do melhor gosto. Possuía um encanto inimitável que tornava ainda mais requintada a vizinhança do seu misterioso marido, todo de veludo negro e bordados dourados.

Enquanto avançavam pelos salões iluminados, alguns homens — encostados a uma das colunas mouriscas do pátio, onde, entre os limoeiros, cantava uma fonte — observavam-nos a passar. Um deles, o mais alto, envergava com elegância um soberbo fato de veludo púrpura constelado de diamantes. O homem inclinou-se para o seu vizinho:

— Fala-se agora muito desse conde di Stefano que aqui chegou há dois meses. Está a revolucionar a cidade com as suas previsões do futuro, e diz-se que se dedica à magia. Mas saberemos realmente quem ele é e de onde vem?

— Diz ser filho natural do Grão-Mestre da Ordem de Malta, Pinto da Fonseca, e a sua mulher pertenceria a uma nobre família romana. Mas não estou certo de tudo isto. Tudo o que sei oficialmente é que vem de Espanha, de Compostela, mais exactamente. Diz-se que a mulher é muito devota.

— Em todo o caso, é muito bonita. Mas surpreendo-me, meu caro Manique, de vos ver tão mal informado. Vós, o nosso intendente da polícia!... Não me dizeis nada que não seja já conhecido por toda a gente!... Que esperais para vos inteirardes melhor?

Pina Manique encolheu os ombros, enquanto um delgado sorriso passava como uma nuvem sobre o seu rosto estreito de traços austeros.

— Não há pressa, enquanto se limitarem a entreter as pessoas com a sua pretensa magia. Mas se partilho de bom grado a vossa opinião a respeito da beleza da condessa, não vos escondo que a figura do marido nada me diz de bom. Sinto nele qualquer coisa de perturbante... talvez até de perigoso.

Os topázios do Português

— Se os polícias se põem a ter pressentimentos, onde iremos parar? — disse o outro, rindo. E acrescentou: — Em todo o caso, estou desiludido; pensava que os conhecíeis e contava pedir-vos que mos apresentasse.

— Sois incorrigível — suspirou Manique. — Um dia destes, ainda vos desgraceis, pois não sabeis resistir a um rosto bonito, já que vossa fortuna os atrai como moscas!

— Se vos compreendo bem, só gostam de mim pelo meu dinheiro? Sois gracioso, agradeço-vos.

— Não sejais estúpido, Cruz Sobral. Quando se chega a certa idade, é imprudente esperar outra coisa. Mas se desejais travar conhecimento com essa gente, dirigi-vos antes à nossa anfitriã. Inês de Picoas é doida por esse italiano, e nada a fará mais feliz do que lançar essa mulher nos vossos braços. Mas, depois, não vos queixeis se passardes por alguma aventura desagradável.

Com um sorriso de desdém, José Anselmo da Cruz Sobral ajeitou a prega do peitilho com um ar enfatuado e afastou-se na direcção em que vira desaparecer a bela Lorenza e o seu marido. Cruz Sobral era um dos homens mais ricos de Portugal, armador, cujos navios sulcavam os mares. Além disso, possuía numerosas propriedades e uma fabulosa colecção de pedras preciosas, que se tornara quase lendária. Falava-se, sobretudo, dos seus topázios, gemas enormes vindas do Brasil, onde tinha uma mina.

Tudo isto lhe valia grande sucesso com as mulheres, que, sem a sua auréola de Creso, a meia idade bem marcada e um pouco demasiado disfarçada, nada justificaria. Mas, por agora, a escolha caprichosa do armador fixara-se na bela italiana.

Encontrou-a sem ter de procurar muito, e como a jovem estava a conversar com o marido e com a dama de Picoas, Cruz Sobral não teve qualquer dificuldade em apresentar-se. Ainda menos dificuldade teve em ser convidado para a

Senhores da Noite

residência dos di Stefano, pois o sombrio conde pareceu ficar subitamente animado com o novo conhecido. Foi amável, cortês e agradável... E como a condessa era linda, vista de perto! Deslumbrado e inebriado, Cruz Sobral deu consigo a jurar ir ao Terreiro do Paço no dia seguinte, para uma primeira visita aos novos amigos.

Ora, assim que regressaram do baile, rebentou uma discussão entre os «nobres italianos». Exasperada, Lorenza criticava Joseph por ter convidado Cruz Sobral.

— Não quero ver esse gordo aqui, estás a ouvir? Não o receberei...

Nada sensibilizado, Balsamo continuou a desapertar o seu peitilho de bordado inglês.

— Sabes que esse homem possui a mais fantástica colecção de topázios de toda a Europa? Nem a Grande Catarina tem pedras tão belas. Por que não o haverias de receber?

— Pensas que não vi como ele me olha? Podes jurar-me que não contas comigo para o atrair aqui?

— Claro que não. A tua beleza é o nosso melhor passaporte. E por que não convidá-lo? Só te peço que sejas amável, apenas por um pouco, com um armador riquíssimo.

— Como tive de ser amável com o vice-rei de Barcelona, que nos expulsou por não lhe querer ceder. E em Madrid? Lembras-te do género de amabilidade que me pedia o duque de Alba? Tivemos de passar a fronteira para que ele não te entregasse à Inquisição, tal a pressa que tinha em se desembaraçar de ti!...

— Eu sei. Não tivemos sorte, mas, aqui, nada temos a recear de semelhante, e Lisboa é o mais importante mercado de pedras preciosas da Europa. Tens de me ajudar. Depois iremos para Londres e Paris... mas preciso de alguns dos topázios do Português. E tu, nada mais tens a fazer do que seduzi-lo.

Bruscamente, a raiva de Lorenza desapareceu. Deixou-se cair na cama e desatou a soluçar.

– Por piedade, não me imponhas isso! Esse gordo causa-me horror! Nem sequer suporto a ideia da sua mão sobre o meu braço.

Joseph ajoelhou-se junto dela e abraçou-a.

– Tem calma. Não precisamos de chegar a esse ponto. És suficientemente bela para evitar ir demasiado longe e pô-lo a teus pés. Só precisas de fazer com que ele fique cego, surdo e louco. E sabes bem que te amo.

– Ah, o teu amor – disse ela, amargamente. – Se me amasses, terias ciúmes!

– Não é verdade. O ciúme é uma doença imbecil. Posso admitir todas as acusações, menos a de imbecilidade!

D. José Anselmo, obviamente, apressou-se a aproveitar o convite que recebera. Como combinado, apresentou-se no dia seguinte em casa dos «di Stefano». Lorenza recebeu-o graciosamente e Joseph ofereceu-lhe uma visita guiada ao laboratório de alquimia. Mostrou-lhe os seus livros de hermética, os fornos e as retortas, pois desde que se instalara em Lisboa dedicava-se com sincera paixão à grande pesquisa que lhe preenchia a vida: conseguir a transmutação dos metais em ouro e fabricar aquelas pedras preciosas que o fascinavam. Entregava-se com tanto fervor a esses estudos que costumava passar noites inteiras longe da cama de Lorenza.

Feliz por tantas boas graças, Cruz Sobral voltou uma e outra vez, tomando o cuidado de se fazer preceder de flores, frutos raros ou outros pequenos presentes. Sempre que um dos seus navios atracava nos cais de Lisboa, enviava sedas, especiarias, marfins, jades e até um soberbo papagaio do Brasil, azul como um céu de Verão.

A corte bastante tímida que fazia a Lorenza era tão discreta que a jovem começava a ficar mais tranquila; mas, certo dia, D. José, enchendo-se de coragem, convidou-a a ir visitá-lo à

Senhores da Noite

tarde na sua faustosa propriedade rural que possuía na margem do Tejo, a montante da cidade.

Os receios de Lorenza voltaram em catadupa. Queria declinar, mas Cruz Sobral insistia:

– Tenho lá a minha colecção de pedras preciosas. Gostaria imenso de as vos mostrar. Não seríeis mulher se não amásseis as belas pedras. E as minhas são únicas.

– Ela adora-as – afirmou Joseph. – Teremos muito prazer em visitar a vossa residência – disse ele com um grande sorriso, ignorando o esgar de Cruz Sobral como que a significar que o convite não se estendia ao marido. Tanto que o armador desejava que a bela condessa fosse sozinha! Depressa se consolou ao pensar que, satisfeito o protocolo, talvez conseguisse, mais tarde, levar lá a encantadora mulher sem o seu aio...

De facto, para Joseph, a visita foi um encanto; para Lorenza, apenas um suplício. Cruz Sobral, certamente pouco desejoso de desagradar ao marido, apesar da atitude distraída do conde di Stefano que os deixou a sós por mais de uma vez, foi galante, carinhoso, solícito, mas nada mais. A sua vasta propriedade, de estilo manuelino, dominava uma encosta de terraços pejada de roseiras, laranjeiras e fetos gigantes. Enquanto seguia o anfitrião pelos meandros perfumados do jardim, ao fundo do qual corria o Tejo, Lorenza, suspirando, pensava como seria bom viver entre tanta beleza, junto de um Joseph que fosse um homem como os outros. Mas Joseph só se interessava pelos topázios.

De facto, os topázios valiam um reino. Ocupando várias vitrinas, exibiam a sua sumptuosidade dourada sobre o veludo castanho das almofadas. O casal nunca vira tantos nem tão belos. Os olhos de Lorenza começaram a brilhar face a tantas maravilhas, e Cruz Sobral sorria:

― Esta é a minha colecção, constituída por pedras raras, mas tenho muitas outras. Vejam.

Lançando uma rápida olhadela a Joseph, que, fascinado, permanecia petrificado diante da vitrina principal, o armador abriu um grande cofre de madeira talhada situado frente a uma janela e mostrou uma colecção de guarda-jóias e um monte de gemas a granel, que reflectiam o brilho do Sol. De um guarda-jóias, Cruz Sobral retirou um belo colar e, com um gesto rápido, colocou-o no pescoço da jovem.

― Em memória de vossa visita ― soprou ele perto do ouvido de Lorenza, tão perto que o sopro, de tão curto, a queimou. ― E na esperança de que regressareis muito em breve ― acrescentou, ainda mais baixo.

Os seus dedos grossos mantinham-se no pescoço branco, e Lorenza estremeceu. Queria afastar-se, mas ele reteve-a:

― Gostaria tanto de vos oferecer tudo o que está aqui... Se quisésseis...

― Mas não quero. Que diria o meu marido? ― disse ela, libertando-se suavemente, com um gesto gracioso.

― Oh, um marido, isso pode-se deixar, minha querida filha, ou engana-se. Mas não vos quero amedrontar. Prometei--me apenas voltar, sem ele, pelo menos uma vez.

― Se puder... virei ― respondeu ela, agitando tão nervosamente o leque que Cruz Sobral a julgou confusa, quando estava apenas incomodada. Contentou-se com esta semipromessa, mas Joseph, de regresso a casa, mostrou-se encantado com o colar.

― Um belo início ― disse ele. ― Espero que depois venha o resto.

Com efeito, a partir do dia seguinte, como Lorenza, triste, permanecia em casa, desculpando-se da sua má saúde, Cruz Sobral fez-se anunciar todos os dias e, para incitar a jovem a voltar a admirar a sua colecção, levava-lhe outras pedras, que iam fazer companhia ao colar no fundo do cofre de Joseph.

Senhores da Noite

A canícula do Verão português instalou-se e veio alterar realmente a saúde de Lorenza, que caiu ainda mais sob o terrível poder hipnótico do marido. Nas suas mãos, depressa se tornaria numa pasta mole e maleável. Quando ele lhe ordenou que anunciasse a Cruz Sobral a sua próxima visita, sozinha, à propriedade dos topázios, quase não reagiu, mas gemeu dolorosamente.

— Queres que eu ceda a esse gordo? Tu, Joseph? Será possível?

— Não te peço isso. Peço-te que vás a casa dele e faças com que a visita demore o tempo suficiente para me permitir fazer o que planeei.

Com um frio cinismo, Joseph revelou-lhe o plano. As pedras que ela recebera do amor do Português não lhe bastavam: o que ele queria era a grande colecção. Enquanto Lorenza manteria Cruz Sobral ocupado, de preferência nos bosquetes perfumados do jardim, ele entraria na casa auxiliado por um cúmplice, um Siciliano que ele introduzira como criado em casa do Português, e apoderar-se-ia dos topázios. Só teriam de embarcar, nessa mesma noite, numa rápida falua, previamente fretada, e rumar a outros horizontes.

Desta vez, apesar da sua submissão, Lorenza ficou aterrorizada: tratava-se de um roubo, que podia valer-lhes a corda ou as galeras. Mas Joseph não lhe quis ouvir os protestos. Decidiu qual a noite em que Lorenza iria a casa do Português, procurou uma falua e tentou arranjar passaportes, com o seu antigo nome de Balsamo.

Felizmente, dois dias antes da data marcada, quando Lorenza já pensava seriamente atirar-se ao Tejo, Balsamo entrou bruscamente no seu quarto, onde ela se encontrava mergulhada em lúgubres pensamentos.

— Está tudo perdido! — exclamou ele. — Tens uma hora para te arranjares. Deixaremos Lisboa com a maré.

Os topázios do Português

Balsamo já se precipitava para o toucador da mulher, arrebanhava todas as jóias e enfiava-as num grande saco que ele mantinha aberto.

– Vamos, despacha-te!

– Dizes-me, pelo menos, o que se passa?

– Aquele imbecil do Salvatore deixou-se matar esta noite, com uma punhalada. Conseguiu falar antes de morrer e, pensando que tinha sido eu que o esfaqueara, denunciou-me. Um amigo que tenho na intendência da polícia acabou de me avisar que me virão prender ao meio-dia. Mas, a essa hora, já estaremos longe.

– Por que pensou ele que tinhas sido tu a esfaqueá-lo?

– Ontem tivemos uma discussão. Ele queria que eu aumentasse a sua parte do tesouro.

Fez-se silêncio. Os olhos dilatados de Lorenza tentavam ler a verdade no rosto impassível do marido. Estaria ele, de facto, tão inocente do assassínio como o deixava supor? Mas já há muito que sabia ser inútil questioná-lo sobre isso. Limitou-se a perguntar, em voz baixa:

– Para onde vamos?

– Para Londres. Aí, ninguém nos conhece...

Uma hora depois, a vela vermelha de uma falua enfunava-se sobre o Tejo, e o rápido barquinho rumou em direcção ao grande oceano. Lorenza estava salva, bem como os topázios do Português!

Quando Balsamo e Lorenza chegaram a Londres, já não tinham um vintém. O navio contrabandista que aceitara levá-los até às margens do Tamisa havia-os despojado totalmente.

Estavam tão pobres que tiveram de se contentar em encontrar alojamento numa miserável taberna da horrorosa Kent Street. Para cúmulo da infelicidade, na atmosfera brumosa de Londres, continuamente empestada pelos fumos do carvão que era hábito queimar nas chaminés inglesas, Balsamo adoeceu. Teve de ficar de cama, a sofrer de uma bronquite, enquanto que Lorenza ia mendigar pelas ruas mal pavimentadas com calhaus redondos mergulhados na lama. De quando em quando, atiravam molhos de lenha para permitir a passagem das carroças nos maiores lamaçais.

Mas por muito miserável que fosse a estalagem onde estavam alojados, tinham ainda assim de a pagar, e, na maioria das vezes, o casal jantava uma maçã ou uma execrável papa de farinha de milho.

— E prometia-te eu — suspirava Joseph, que, por milagre, se tornara um marido atencioso — todos os tesouros da Terra. Que miserável país este, onde deixam morrer à fome dois nobres estrangeiros.

— No nosso, também a miséria é grande, mas há Sol e as pessoas são mais calorosas — suspirou Lorenza.

A terra dos Ingleses, pelos vistos, era mais dura do que a pedra. Apesar do seu estado, Balsamo, incapaz de pagar, foi atirado, a pedido do taberneiro, para a imunda prisão da Fleet Street, para onde iam os devedores insolventes, e Lorenza viu-se posta na rua. O taberneiro ainda lhe propusera outro meio de pagar, mas ela recusara-o com horror. Foi a sua sorte.

Quando mendigava à porta da Catedral de São Paulo, a beleza do seu rosto, o encanto aristocrático da sua silhueta, nas suas roupas miseráveis, atraíram o interesse de um velho senhor. Sir Richard Dehels não era um homem mau, muito pelo contrário. Era um esteta e coleccionador de objectos de arte. A miséria pungente daquela jovem, tão bela e distinta, intrigou-o. O homem falou-lhe com bondade. Então, movida pelo seu temperamento italiano, Lorenza abriu-se e contou-lhe da sua miséria.

— Se o vosso marido for parecido convosco, tirá-lo-emos da prisão. Pessoas como vós não são feitas para vadiar pelas ruas de Londres ou para definhar nos calabouços.

Os topázios do Português

Para grande alegria de Lorenza, o velho senhor foi libertar Balsamo da prisão de Fleet Street e, satisfeito com o seu aspecto, levou-o, com a mulher, para a grande casa que possuía perto de Cantuária.

— Vossa esposa disse-me que desenhais com grande talento. Se quiserdes, podereis trabalhar para mim, a estudar e copiar alguns desenhos que não consigo adquirir.

O antigo alquimista de Lisboa suspirou. Voltar a pegar nos lápis, quando sonhava em fazer ouro, ver nascer os diamantes nas suas mãos! Mas era preciso viver.

— Sois muito bondoso, Senhor... Tentarei satisfazer-vos.

Para Lorenza, a casa de Cantuária era um paraíso após o inferno. Encontrou aí uma atmosfera de luxo, de bom gosto, de respeitabilidade, onde esqueceu os dias sombrios, as sessões de hipnotismo e todo aquele ocultismo de que o marido gostava de se rodear. Joseph desenhava, parecia ter esquecido todas as suas terríveis ambições passadas. Ela sentia-se quase feliz.

Infelizmente, no seu cárcere de Fleet Street, Joseph travara conhecimento com outro Italiano, que se dizia marquês de Navona e que não passava de um perfeito intrujão. Este homem conhecia de cor as colecções célebres de toda a Inglaterra e, numa funesta noite, encontrou-se com Joseph numa taberna de Cantuária.

No regresso a casa, Balsamo tinha um ar animado e um brilho nos olhos.

— Sabes — disse ele — que a nossa boa estrela nos conduziu à própria fonte da fortuna?

— Que dizes?

— Que este velho sir Richard não colecciona apenas desenhos e quadros... mas também gemas!

— O quê?

Senhores da Noite

A pouco e pouco, o sangue foi desaparecendo do bonito rosto de Lorenza. O medo, o velho medo que ela pensava ter deixado na taberna de Kent Street, voltava-lhe, repugnante. Nem sequer ousava fazer perguntas. Além disso, Joseph, que não a ouviria, continuava com os olhos em fogo, já arrebatado pela sua paixão.

– Ele tem rubis... magníficos rubis. Pedras sublimes, como nem o rei tem!

Lorenza lançou um grito e pôs-se de joelhos junto do marido.

– Não, Joseph! Não! Não podes fazer isso.

– E por que não? Pensa um pouco: com esses rubis, podemos ir embora, ir para Paris, onde nunca um homem habilidoso morreu de fome.

– Lembra-te de que sir Richard nos salvou da miséria, talvez até da morte! E, como paga, queres roubá-lo. Ousarás fazer isso?

– Já te disse que quero ter sucesso. A minha obra, a Grande Obra, espera-me. Preciso de um laboratório, metais, retortas e fornos. O que significa a estima de um homem comparada com as maravilhas que me esperam!

Os seus olhos já não a viam. Bastante dilatados, pareciam olhar para o futuro, para uma apoteose de ouro e pedras cintilantes. Lorenza percebeu que ele estava para lá de qualquer sensatez.

– Se fizeres isso – murmurou ela –, deixar-te-ei. Fugirei.

– Não digas tolices! Que farias tu sem mim?

Mas, no dia seguinte, quando o Sol se ergueu sobre o campo e a casa de sir Richard Dehels, Lorenza Balsamo havia desaparecido...

III

O Mestre dos Mistérios

O marinheiro arreou a vela e o pequeno navio acostou suavemente ao cais. Prontamente, Balsamo pôs-lhe um pouco de ouro nas mãos e saltou para terra. O penetrante vento de Dezembro batia-lhe no grande manto negro. O frio cortava a pele. No entanto, o viajante passou as mãos pela testa. A travessia tinha sido rude desde Dover. Por cem vezes, Balsamo acreditara ter chegado a sua última hora. É verdade que já navegara muito, principalmente pelo Mediterrâneo, mas o mais azul dos mares não se assemelhava em nada a este da Mancha revolto e cinzento, que levantava sob um céu baixo as suas vagas enormes, as suas brumas traiçoeiras, escondendo recifes terríveis.

A terra de Calais parecia maravilhosamente firme e tranquilizadora. Desde Cantuária, seguira o rasto da esposa fugitiva até França. Em Dover, chegara no momento preciso em que se afastava o correio regular que atravessava o estreito, e disseram-lhe que a «signora Lorenza Feliciani estava a bordo». Fretou então um barco e, a custo de boa parte das suas economias, lançou-se em perseguição da mulher. Como ela escolhera ir para França, Paris deveria ser o seu destino. Paris, de onde partiam as diligências que a poderiam levar para Itália. Mas, para já, convinha procurar informações.

A luz avermelhada de um taberna cuja tabuleta balouçava ao vento, fazendo-a chiar desagradavelmente, chamou-lhe a atenção. Além de algumas eventuais informações, encontraria nesta casa, pelo menos, uma sopa quente e um jarro de vinho para se reconfortar. Arqueando-se para se proteger das borrascas, encaminhou-se para a taberna.

O dono do «Repouso do Pescador» não parecia muito comunicativo nem muito desperto, mas o som do ouro fê-lo acordar imediatamente. Apressou-se a levar uma malga de sopa, umas fatias de toucinho e um jarro de vinho àquele viajante tardio e não teve qualquer dificuldade em admitir que os passageiros do correio regular costumavam parar ali para se recomporem da travessia. De facto, entre os últimos que por ali tinham passado, reparara numa jovem, loura e muito bela, mas também triste, que parecia ter grande dificuldade em manter-se de pé.

– Felizmente, o homem que a acompanhava não a deixava dar um passo sozinha. Arranjava-lhe o manto, obrigava-a a comer e a beber, garantia-lhe que a sua má disposição iria passar e que, no seu carro, sentir-se-ia muito melhor.

Balsamo franziu as sobrancelhas. Quem poderia ser aquele homem? A menos que não se trate de Lorenza. Inquiriu:

– Essa mulher falava francês?

– Não muito bem... Algumas palavras. Tinha uma pronúncia parecida com a vossa.

– Ouvistes o seu nome pronunciado pelo companheiro?

– Sim... Não percebi bem... Qualquer coisa como Laura... mas posso estar enganado.

– Não creio. Para onde foram, depois de saírem?

— Para onde queríeis que fossem? Para a posta de muda de cavalos, claro. O homem dizia que um carro o esperava, uma diligência.

Sem mais acrescentar, Balsamo terminou o jantar, que pagou generosamente, e depois, envolvendo-se no manto, saiu para o cais, seguido pelas saudações atenciosas do dono do estabelecimento.

Na muda de cavalos, soube o que precisava de saber. A diligência partira à hora do costume, mas só um coche deixara Calais ao mesmo tempo: o de um certo senhor Duplessis, intendente do conde de Prie. Uma jovem loura, que respondia pelo nome de Lorenza, acompanhava-o.

— Tendes um cavalo para mim? – perguntou Balsamo. – Vou para Paris.

— Tendes quatro à escolha, senhor, todos em boas condições.

Alguns minutos depois, Balsamo deixava Calais a grande galope. A raiva aquecia-o. Adivinhava que Lorenza devia ter conhecido esse Duplessis no barco. A beleza, o ar acossado da jovem tinham, certamente, feito o resto. Quantos não havia já conhecido desde o seu casamento, homens que ardiam de desejo de proteger Lorenza? Na maioria das vezes, contra si mesmo.

— Mas vou recuperá-la – jurou a si próprio entre os dentes cerrados –, nem que, para isso, tenha de matar esse homem. É a mim, e só a mim que ela pertence!

Para Balsamo, não foi difícil encontrar Lorenza e o seu raptor. Entre as informações recolhidas na posta de Calais, uma era particularmente valiosa: Duplessis era intendente do marquês de Prie. Encontrar a nobre residência do marquês foi relativamente fácil. Aqui, em troca de uma moeda de ouro, o mordomo não se fez rogado em fornecer o endereço privado do intendente, que tinha uma pequena casa perto da Igreja de

Saint-Roch. Foi então que, para o jovem, se iniciou uma longa espera na noite de Inverno.

Pacientemente, vigiou a saída do intendente, de quem um aguadeiro lhe fizera um retrato bastante exacto. Era um homem atarracado e forte, de rosto corado, jovial e alegre. Balsamo viu-o afastar-se e, audaciosamente, foi bater à porta, pedindo para ver «a jovem dama estrangeira que o senhor Duplessis trouxe de Inglaterra». A velha criada que o recebeu olhou-o dos pés à cabeça e, depois, de má vontade, lá consentiu em ir procurar Lorenza quando ele lhe afirmou ser seu irmão.

Mas assim que a jovem reconheceu o marido, pôs-se em fuga, lançando um grito tão horrível que a velha gritou também por socorro e chamou não só o criado, mas também os vizinhos. Balsamo teve de fugir para não ser feito em pedaços.

Louco de raiva, teve, porém, o bom senso de se afastar, quando lhe apetecia arrombar as portas daquela casa e retirar dali Lorenza à força. Nesse preciso instante, o estranho amor que ela lhe inspirava assemelhava-se ao de um irmão zangado...

Ao mesmo tempo, uma febre apoderava-se dele. Lorenza estava alertada. Iria certamente suplicar a Duplessis que a afastasse da actual residência, que a enviasse para a província, talvez, para um lugar onde fosse quase impossível encontrá-la. Era preciso fazer alguma coisa. E depressa.

Balsamo ainda hesitou. A sua mulher merecia um castigo por tudo o que lhe fizera passar. Iria sofrê-lo. E, sem mais hesitar, foi falar com o tenente da polícia.

Na manhã seguinte, Lorenza Feliciani era presa na casa do senhor Duplessis, sob a acusação, lançada pelo legítimo marido, de libertinagem com o intendente. Levaram-na para a prisão de Sainte-Pélagie.

O Mestre dos Mistérios

Era mais um convento do que uma verdadeira prisão. Encerravam-se aí as raparigas de virtude suspeita, de quem as famílias se queixavam, e as mulheres adúlteras. A casa situava-se entre a das Madelonnettes, reservada às raparigas e mulheres da aristocracia, e a da Salpêtrière, onde se encerravam as prostitutas. Foi aterrorizada que Lorenza transpôs os severos portões e, uma semana depois, quando Balsamo a foi visitar, encontrou-a tão abatida pela vergonha e pela angústia que teve pena dela.

— Está nas tuas mãos sair daqui. És minha mulher, Lorenza... e esqueceste-o.

— Não esqueceste também a honestidade, as leis mais básicas do Senhor? Horrorizas-me, Joseph, ainda que me parta o coração dizer-te isso.

— Então, é preciso escolher entre dois horrores – respondeu calmamente Balsamo. – Aquele que eu te inspiro... ou aquele por que passas nesta prisão...

Como Lorenza baixasse a cabeça sem responder, ele aproximou-se, encostou o rosto à grade de madeira que os separava e murmurou, com súbito fervor:

— Já não me amas? Olha para mim, Lorenza, és capaz de me olhar e dizer-me na cara que já não me amas? Eu amo-te mais do que nunca.

Lorenza esboçou um ligeiro sorriso triste.

— Tu?

— Sim, eu. És o meu bem, a minha coisa, a minha mais bela obra de arte. Sem mim, não passarias de um corpo frio, inerte e ignorante no fundo de um convento tão lúgubre como esta prisão. Ensinei-te a vida, mostrei-te o amor. Estás farta do amor, Lorenza?...

A resposta resumiu-se a um suspiro e, lentamente, os grandes olhos de Lorenza ergueram-se, cruzaram-se com o olhar cintilante do marido e fixaram-se neste.

Senhores da Noite

— Ainda te amo, Joseph — gemeu ela. — De outro modo, seria assim tão infeliz? Aquele homem que eu segui, pensei que seria um pai para mim, mas ele queria outra coisa. Se não tivesses feito com que fosse detida... teria fugido. Ele fazia-me lembrar Cruz Sobral.

— Então... Estás pronta a seguir-me?

— Leva-me, Joseph... Seguir-te-ei, juro!

Uma hora depois, as portas de Sainte-Pélagie abriam-se diante de Lorenza, arrependida e mais uma vez totalmente submetida ao marido.

Durante algumas semanas, o casal habitou numa modesta estalagem, situada no antigo recinto do Templo. O dono, um certo Lazare, era um homem bizarro, diferente de todos os outros estalajadeiros que Lorenza conhecera. Silencioso e taciturno, não aceitava qualquer pessoa, mas quando Balsamo lhe soprou algumas palavras ao ouvido, mostrou-se logo solícito, e até disse ao casal que podia ficar ali o tempo que desejasse.

Balsamo passava o dia atrás dos vidros de uma janela que dava para a rua, examinando as pessoas que chegavam, como se esperasse alguém, e a jovem voltou a ficar amedrontada. O que estaria agora a preparar o seu misterioso marido? Não trabalhava, não lhe falava de nenhum projecto e, porém, a negra miséria que tinham conhecido na Kent Street não chegara... Sorrateiramente, a angústia começou a apoderar-se dela: teria Joseph saído sem nada de casa de Sir Richard? Não seria a sua relativa abastança actual paga com rubis roubados?

Certa noite, ousou perguntar-lhe, tremendo a pensar na cólera que iria desencadear. Mas Balsamo não se zangou.

— Não, Lorenza... Acabaram-se as cobiças e os roubos provocados pela minha paixão pelas pedras preciosas. Desviei-me do caminho que me estava traçado, mas, graças a Deus, voltei a encontrá-lo.

— Como?
— Graças a uma pessoa que conheci em Londres quando me lancei na tua peugada, aliás, por um enorme acaso. Alguém que, infelizmente, estava longe quando chegámos, de outro modo não teríamos conhecido aquela miséria.
— Quem era essa pessoa?
— Não posso dizer. Ordenou-me que viesse para aqui e que esperasse uma mensagem. Por isso, espero...

Percebendo que não valia a pena, Lorenza não insistiu. Dois dias depois, Balsamo continuava a sua paciente vigília, até que, finalmente, apareceu um pequeno homem vestido de negro. Nenhuma palavra se trocou entre ele e Balsamo. Simplesmente um estranho sinal com os dedos. Em seguida, o homenzinho entregou-lhe uma carta lacrada com cera negra, despediu-se e desapareceu tão silenciosamente como chegara. Balsamo leu a carta, voltou-se para Lorenza e sorriu.
— Sei que estou perdoado. Agora podemos ir.
— E vamos para onde?
— Para Malta!

Seria o Grão-Mestre da Ordem Soberana de Malta realmente o pai do seu marido? Era esta a pergunta que assediava Lorenza durante os dias, aliás agradáveis, que passou na grande ilha mediterrânica. Reencontrara com alegria uma vida indolente, à italiana, numa grande casa rodeada de flores, com terraço virado para o mar.

Reencontrara também a paz de espírito. Não era esta bela ilha o feudo dos cavaleiros-monges, uma terra toda ela devota a Deus? As preocupações até então causadas pelas bizarras actividades do marido acalmaram-se. Tinham acabado as sessões de hipnotismo, a magia, a adivinhação. Joseph ia todos os dias ao palácio do Grão-Mestre, com quem, dizia ele, trabalhava num laboratório de alquimia. Praticava também um pouco de medicina e começava a tratar algumas pessoas; mas quando Lorenza o interrogava acerca dos seus eventuais laços de parentesco com o Grão-Mestre, ele limitava-se a sorrir, sem responder.

Isto durou quase um ano. Depois, certa noite, deixaram bruscamente a casa branca, com alguma pressa, mas num dos navios de Malta e na companhia do cavaleiro Aquino.

Foram para Nápoles, onde Lorenza descobriu que tinham voltado a mudar de nome: Balsamo e a sua mulher eram agora o marquês e a marquesa Pellegrino. Mas, por uma vez, Joseph consentiu em dar algumas explicações.

– O Grão-Mestre confiou-me uma missão. Tenho de procurar um homem.

– Que homem?

– Um mistério. É um homem que conhece todos os maiores segredos, que detém todo o poder com que sonha o Grão-Mestre Pinto. Conhece o segredo da juventude eterna, sabe fazer ouro, transmutar os metais, ampliar e depurar as pedras preciosas. Sabe ler nas profundezas do futuro.

Sentindo-se invadida pelos antigos medos, Lorenza benzeu-se com vigor.

– Só Satanás detém tais poderes. Quem é esse homem?

– Quem sabe? É isso que torna difícil a minha missão. Em Flandres, chamavam-lhe o conde de Surmont, na Itália, o marquês Baletti, na Hungria, o conde Zaraski, na Rússia, o conde Saltikoff, em França, o conde de Saint-Germain... Não se sabe quem é nem de onde vem. Diz-se que conheceu Cristo e que viveu em Roma no tempo dos Césares. Alguns afirmam que é filho de um príncipe húngaro, outros que é o bastardo de uma rainha de Espanha e de um grande senhor. Uma coisa é certa: a sua grande nobreza; pois o rei Luís XV, muito meticuloso no capítulo dos títulos, recebeu-o com honras e ofereceu-lhe até o castelo real de Chambord para ele aí trabalhar. É ele quem quero encontrar e quem temos de procurar, por toda a Europa, se for preciso.

Lorenza ouvira-o com um misto de fascínio e terror. Diante de si, via abrirem-se as vertiginosas e infinitas estradas da Europa... infinitas porque, na sua opinião, o homem que procuravam só podia ser um fantasma. Uma demanda insana, uma viagem interminável começava então, enquanto que, por seu lado, o cavaleiro de Aquino, encarregado da mesma missão, embarcava numa galera para esquadrinhar as Escalas do Levante.

Londres voltou a ver o casal errante. Mas, desta vez, já não eram uns miseráveis fugitivos chamados Balsamo, mas ricos genoveses: o barão Zanone e a sua mulher. Em seguida, foi Edimburgo, Bruxelas, Copenhaga e Amesterdão, onde, numa antiga casa do gueto, Balsamo encontrou finalmente uma pista.

– O mestre dos mistérios voltou para a Alemanha, onde a seita dos Rosa-Cruz, da qual é o chefe, possui numerosos adeptos – confiou-lhe o rabino Ha-Levi. – Se quiseres encontrá-lo, deves ir à Prússia ou procurar o margrave de Hesse, que se proclama seu discípulo.

– Aceitará guiar-me até ele?

– Vai à mesma! Se o Mestre achar que lhe podes servir, saberá como dizer-te. Não segues o costume dos Rosa-Cruz: mudar de nome ao mudar de país? Quem és hoje?

– O conde de Fénix.

– Está bem. Prossegue o teu caminho com confiança. Já não falta muito para encontrares o Mestre.

Que mão misteriosa terá guiado Balsamo até àqueles lugares? Tentava adivinhá-lo enquanto, numa escura noite de Novembro, subia penosamente por um caminho estreito que serpenteava pelo flanco de um dos cumes do Vogelsberg.

Senhores da Noite

O frio era incisivo e uma chuva penetrante infiltrava-se no seu espesso manto de montar. Pensava em Lorenza, que ficara no calor tranquilizante de uma estalagem.

No último olhar que lançara a Lorenza, lera-lhe o medo. Este país estrangeiro, este tempo lúgubre, as vozes misteriosas que lhes tinham guiado os passos até ao centro do margraviado de Hesse, tudo despertara as suas superstições romanas, mas Balsamo sabia que já não podia recuar, que estava quase no fim... Um fim que perseguira usando até os piores meios!

A silhueta fantasmagórica de um velho castelo semiarruinado ergueu-se subitamente diante de si, sinistro naquele silêncio escuro. Mas sob a ogiva meio desmoronada da porta, ardia um archote, cujas chamas dançavam ao vento.

O viajante prendeu o cavalo a um anel de ferro enferrujado que pendia junto ao archote e transpôs a porta. Outro archote brilhava mais ao fundo, e outro ainda junto de uma porta baixa, reforçada com fortes gonzos de ferro, que se abriu suavemente quando a empurrou. Diante do espectáculo que se lhe revelava, Balsamo estremeceu.

Deparou com uma grande sala toda forrada a negro, em torno da qual se alinhavam cadeiras altas de madeira escura, como no capítulo de uma catedral. Ao fundo, sobre um altar de pedra, uma enorme rosa de ouro brilhava no centro de uma cruz. Mas o mais assustador eram os ocupantes dessas cadeiras. Vestidos de branco, com véus da mesma cor, pareciam fantasmas, imóveis e silenciosos.

Balsamo entrou lentamente na sala e dirigiu-se ao altar. Estava quase a meio caminho quando soou uma voz, profunda, aterradora, repercutida pelo eco:

– Que procuras?

– Aquele a quem chamam o Mestre dos Mistérios – respondeu Balsamo, com voz segura.

– Porquê?

– Tenho uma mensagem para ele.
– Qual é a mensagem?
– Só a entregarei a ele mesmo.
– Nós somos os Companheiros da Rosa-Cruz, seus irmãos. Podes dar-nos a tua mensagem.
– Já disse que não.

Um murmúrio de aprovação percorreu as linhas de fantasmas, primeiro sinal de vida daquelas sombras brancas. Fez-se silêncio e, depois, ouviu-se novamente a voz:

– De onde vens?
– De toda a parte e de lado nenhum.
– Qual é o teu nome?
– Quando era criança, o meu mestre Althotas chamava-me Acharat. Em seguida, em Palermo, confiou-me a uma família pobre, da qual assumi o nome. Chamei-me Joseph Balsamo. Depois tive outros nomes.
– Conhecemo-los a todos.

De repente, de trás do altar, saiu lentamente uma silhueta de homem, envergando um grande manto branco. Tinha a cabeça descoberta. Balsamo pôde ver um rosto fino, de traços distintos, com uma grande testa de pensador. A tez era muito morena, os olhos indefiníveis, mas o olhar destes era insustentável até para ele, as mãos e os pés admiráveis. O homem devia ter cerca de quarenta anos, mas a sua silhueta anunciava uma força nervosa extremamente juvenil. Avançou na direcção de Balsamo e sorriu.

– Não tremeste, muito bem. Sou aquele que procuras, aquele a quem o rei de França chamava o conde de Saint-Germain... – Dirigiu-se depois às sombras brancas:
– Irmãos, podei-vos retirar. Tenho de falar com ele...

Os dois homens esperaram em silêncio que os fantasmas saíssem da sala e depois, como Balsamo se preparasse para cumprir a sua missão, Saint-Germain deteve-o.

Senhores da Noite

– É inútil! Não vou para Malta. Sei o que o Grão-Mestre Pinto da Fonseca quer. Só lhe interessa o ouro, a transmutação das pedras... Isso não me interessa. Uma grande obra espera-me na Europa. Os homens estão sequiosos de uma liberdade cujo nome nem ousam pronunciar. Têm sede de ciência, de conhecimento e, sobretudo, de uma vida melhor. Nós, os Rosa-Cruz, estamos empenhados nessa tarefa e tu, há muito que te esperávamos.

– A mim?

– Sim. Sei quem és, mas não te direi. O teu primeiro protector, o cardeal Orsini, também sabia. Era meu amigo. Mas perdeste-te por caminhos muito tenebrosos.

– Eu sei – disse Balsamo, com humildade. – E lamento-o.

– Ainda bem. Escuta, podes fazer muito por nós. Queres servir-nos?

Como escapar ao magnetismo daquele olhar luminoso? Balsamo sentia-se invadido por uma exaltação bizarra. Aquele homem estranho podia pedir-lhe o que quisesse, até a sua própria vida. Entregar-lha-ia sem hesitar.

– Servir-vos-ei, mas como?

– Sabes de química, de medicina. Ensinar-te-ei segredos para tratar os corpos, para subjugar os espíritos. Durante um mês, ficarás aqui, junto de mim. Já sabes como dominar os espíritos pelo hipnotismo, o futuro desvela-se por vezes diante de ti. És uma boa pessoa. Ensinar-te-ei ainda mais.

– Mas... a minha mulher espera-me lá em baixo.

– Deixa-a esperar. É uma alma forte, mas vulgar. A superstição envolve-a com um nevoeiro denso. Ela pode ser um perigo para ti. Tens de a submeter mais do que nunca à tua vontade. Fica tranquilo, ela esperará. Mandarei avisá-la.

– E no fim desse mês, que farei?

– Irás para onde te direi. Primeiro para a Rússia, para estabeleceres a tua reputação. Depois, para França. É em França que começará a grande obra da Liberdade.

O Mestre dos Mistérios

A mão fina do conde pousara no ombro de Balsamo, simultaneamente amistosa e pesada. Era uma mão que sabia acariciar e impor a sua lei. A voz quente, tão estranhamente persuasiva, perguntou ainda:

— Obedecer-me-ás? Terás de fundar lojas maçónicas, trabalhar na clandestinidade, perder talvez a reputação, a vida. Irás fazê-lo?

— Sim.

— Então, segue-me. Chegou a altura do ensino que fará de ti um homem cujo nome não será esquecido pelas gerações futuras...

Saint-Germain dirigiu-se ao altar de onde saíra, e Balsamo preparava-se para o seguir quando o deteve subitamente.

— Usei tantos nomes, até aqui, para obedecer às ordens que recebia sem sequer saber de onde vinham. Com que nome devo eu passar à posteridade? Balsamo, Pellegrino, Zanone, Fénix...

— Nenhum desses! A partir de agora, usarás apenas um nome: serás o conde Alexandre de Cagliostro.

— Cagliostro?

— É um nome terrível... um nome que não se esquece. Escuta como o eco o devolve bem.

E, engrossando a voz, o Mestre dos Mistérios gritou para os quatro cantos da enorme sala o nome que toda a Europa iria repetir:

— Cagliostro! Cagliostro! Cagliostro!...

A sala encheu-se com um ruído de tempestade...

IV

O feiticeiro da rua Saint-Claude

A carruagem reduziu a velocidade ao entrar na Rua Saint-Claude, demasiado estreita para que pudesse andar muito depressa. Era um belo carro, que identificava o proprietário a léguas, e as armas que se exibiam nas portinholas eram talvez as mais nobres de França depois das do rei, mas, por detrás dos vidros, as cortinas de veludo mantinham-se cuidadosamente fechadas. O cocheiro e o lacaio dobravam-se sob uma chuva que não parava de cair desde o amanhecer desse dia de Fevereiro de 1785. Paris transformara-se num imenso pântano...

Ao fundo da rua, que desembocava no passeio traçado no local da antiga muralha de Carlos V, erguia-se um belo palacete. Era cercado por muros altos, acima dos quais apareciam ramos desfolhados pelo Inverno e as janelas dos pisos superiores. A luz passava através dos postigos fechados, mas não se ouvia qualquer ruído.

Quando a carruagem se aproximou, o grande portão abriu-se silenciosamente, sem que se visse a mão que o manobrava. Ao entrar num pátio bastante largo, deteve-se

Senhores da Noite

diante das colunas dóricas da entrada, que enquadravam como um quadro um elegante vestíbulo e o princípio de uma bela escadaria.

Um enorme criado negro, vestido de brilhantes sedas orientais, esperava, segurando um grande candelabro de prata guarnecido de velas vermelhas.

Assim que os dois lacaios encharcados abriram a portinhola e baixaram o degrau da carruagem, um homem alto e de aspecto imponente – envergando com elegância o traje de abade da Corte, entre as rendas do qual brilhava a Cruz de São Luís – avançou para o átrio, lançando um rápido olhar ao criado.

– O teu senhor está?

– Espera por Vossa Eminência.

Com efeito, no patamar do primeiro andar, o senhor da casa esperava, envergando um longo manto de veludo bordado com símbolos maçónicos. Uma espécie de capuz medieval cobria-lhe o cabelo cuidadosamente empoado. Com as mãos nas mangas, inclinou-se profundamente diante do visitante.

– Vossa Eminência vem atrasada – afirmou.

O recém-chegado, cardeal príncipe Luís de Rhoan, Grande Capelão de França e bispo de Estrasburgo, sorriu, fazendo brilhar os seus belos dentes brancos.

– Eu sei, meu caro Cagliostro – disse ele –, mas tendes de me perdoar. Fui retido por um vigário demasiado falador.

Cagliostro não se permitiu sorrir. Abanou a cabeça, a testa enrugada.

– As mulheres amam demasiado Vossa Eminência, e Vossa Eminência ama demasiado as mulheres. É perigoso.

– Ora, então, meu caro feiticeiro! Vós, que ledes os corações, sabeis bem que só amo e só amarei uma. Estou, por isso, imunizado. Está tudo pronto?

– Tudo...

O feiticeiro da rua Saint-Claude

Cagliostro afastou-se para deixar passar o cardeal. Dez anos tinham decorrido desde a noite de Vogelsberg, e o conde de Cagliostro já pouco tinha a ver com o jovem ávido, sem escrúpulos, que se fascinava muito facilmente com o brilho das pedras preciosas. Era agora um homem de saber, um chefe maçónico, um daqueles homens que subjugam as multidões e que as manipulam por estranhos meios só deles conhecidos. Há cinco anos que a sua carruagem atravessara o Reno pela ponte de Kehl, e conquistara sucessivamente Estrasburgo, Bordéus, Lyon e Paris. A cidade e a corte acorriam à casa do feiticeiro da Rua Saint-Claude e, embora nunca mais tivesse visto o extraordinário homem junto do qual ficara um mês inteiro, os ensinamentos que dele recebera ficaram-lhe para sempre gravados no espírito e quase na carne.

Abriu ao visitante a porta de uma sala de bela aparência, decorada com um fausto muito oriental de tapetes grossos e tapeçarias bordadas a ouro, mas sem nenhum móvel, à excepção de uma mesa coberta por uma toalha negra, sobre a qual diversos objectos rodeavam um globo de cristal cheio de água pura. Frente a esta mesa, encontrava-se uma rapariga muito jovem, ajoelhada, rígida, de olhos fechados. Estava vestida de branco imaculado e o seu cabelo louro caía-lhe sobre os ombros.

Aproximando-se, o cardeal verificou que, além do globo, a toalha negra, bordada com símbolos cabalísticos vermelhos, suportava velas acesas, a única iluminação da sala, um crucifixo de marfim e espadas cruzadas. Com um gesto, apontou para a rapariga.

– É a virgem? – indagou em voz baixa.

O feiticeiro confirmou:

– Sim, Monsenhor. Como Vossa eminência pode ver, ela já está em transe.

Com efeito, levantando com o dedo uma das pálpebras da rapariga, mostrou o globo do olho, totalmente branco.

Senhores da Noite

O príncipe Luís aprovou com um aceno de cabeça e murmurou, numa voz baixa um tanto alterada:

— Está bem. Interrogai-a!

Empunhando então uma das espadas que estavam em cima da mesa, Cagliostro tocou levemente com ela no cristal transparente. A água turvou e começou a fumegar. Em seguida, o feiticeiro colocou a espada sobre a cabeça da jovem.

— Lereis nesta água tão claramente como num livro – disse ele lentamente. – Ouvis-me?

— Ouço-vos... – A voz da rapariga era longínqua e como que desencarnada. – Estou pronta a ler. Que desejais?

— A pessoa que está aqui comigo precisa de ser esclarecida. Está preocupada por causa de algumas notícias que espera. Podeis ver o que se prepara para ela?

A rapariga dobrou sobre os joelhos o seu pequeno corpo e levou a mão ao peito, como que para comprimir uma dor violenta. Um pouco de espuma apareceu-lhe na junção dos lábios.

— Vejo um cavaleiro. Acabou de transpor a barreira do Roule... está a passar pelo bairro de Saint-Honoré... parece tão apressado que quase voa... Oh! Vejo uma carta que traz ao peito... é por causa dela que corre tão depressa...

— De onde vem esse cavaleiro?

— De... de Versalhes. Está encharcado por causa da chuva, mas tem ordens para andar depressa. Continuo a vê-lo... passa pelo Palácio Real... Entra numa ruela... Esperai! Estou a ler... Rua... Vieille-du-Temple. Parou frente a uma magnífico palácio.

— Deve haver alguma coisa escrita no portão desse palácio. Quero que leia!

A voz hesitou e depois, lentamente, articulou:

— Palácio... de... Estrasburgo.

O cardeal abafou uma exclamação e apertou fortemente a mão de Cagliostro.

O feiticeiro da rua Saint-Claude

– Essa carta... – dizia ele.
Mas já a rapariga continuava:
– ... O cavaleiro bate ao portão. Abrem... Dá a carta a um porteiro...
– Quem escreveu essa carta?
A vidente gemeu dolorosamente e torceu as mãos:
– Não vejo bem... Acho que é uma mulher...
– A assinatura!... Lede-a... pelo menos o princípio! Vamos, lede!
– Fazeis-me mal! Oh, como me fazeis mal!... Vou ler... É difícil! Esperai... Maria... Maria Ant...
– Basta!
Foi o cardeal quem gritou. Com o choque desse grito, a rapariga caiu, vítima de uma violenta convulsão. Cagliostro precipitou-se sobre ela.
– Podeis matá-la, Monsenhor – criticou ele. – Nunca se deve interromper brutalmente um transe. Receio que, por esta noite...
Mas o cardeal, radioso, não ouvia.
– Já sei o suficiente. Obrigado, meu amigo. Deixo-vos imediatamente.
– Mas... e a nossa experiência de transmutação?
– Fica para a próxima. Mais tarde. Isto é muito importante. Até breve. Tendes toda a minha gratidão.
E, como se fosse apenas um jovem abade, o Grande Capelão de França enrolou-se no seu manto e desceu as escadas a correr após ter fechado vigorosamente a porta atrás de si. Imóvel, com um sorriso enigmático nos lábios, Cagliostro ouviu o barulho da carruagem que transpunha os portões a alta velocidade e que se ia perdendo na distância. Destapou a cabeça, agarrou na rapariga, agora inerte, e foi deitá-la no canapé de uma salinha adjacente. Ao chamamento da sineta, o criado negro apareceu.

Senhores da Noite

– Previne Madame de la Motte que a experiência terminou, Alcandre, depois vem tratar desta criança.
– A senhora condessa espera pelo conde no salão de magia.
– Poderia jurar que ela estava a escutar à porta – disse o mago com um sorriso sarcástico.

No salão agora vazio, uma jovem de 28 ou 29 anos esperava. Era alta, bem constituída e muito elegante; usava com segurança, sobre uma enorme peruca empoada, um daqueles absurdos chapéus sobrecarregados de ornamentos que estavam na moda. No seu rosto fino, que seria deslumbrante não fosse uma certa expressão desagradável de astúcia, os olhos brilhavam com um fogo perigoso. Mas, por agora, a bela condessa parecia pensativa.

– Acabarei por acreditar que a minha sobrinha possui realmente o dom da vidência – disse ela, lentamente.

Cagliostro encolheu os ombros.

– O dom passa para ela por minha vontade, por ser virgem e totalmente pura. Esse é o segredo...

– Seja como for! Que tenha lido nesse cristal aquilo que eu pensava ser a única a saber, ou seja, que o nosso cardeal receberia esta noite um bilhete... vindo de cima, é absolutamente extraordinário. Há dias em que me fazes medo, Alexandre...

Cagliostro encolheu novamente os ombros e foi guardar o globo de cristal num cofre, que fechou com uma chavinha de ouro que usava pendurada ao pescoço.

– No mundo, há muitas coisas extraordinárias e, porém, pouca atenção lhes damos. Tu também me fazes medo, Jeanne. Não sabes aonde vais, mas vais muito depressa... demasiado depressa!

– Ora! Vou em direcção à fortuna, muito simplesmente, o que só é justo quando se nasceu Valois, ainda que de ramo bastardo, e se tem a minha aparência. Esse querido cardeal

O feiticeiro da rua Saint-Claude

tem de reparar a injustiça de um destino que me fez nascer pobre; além disso, também tem a ganhar. Sem mim, não pode acalentar esperanças de obter da rainha o lugar que ambiciona!

– E contigo, pode?

– A rainha honra-me com a sua amizade, sabes muito bem. Por ti também posso fazer muito... se quiseres!

Cagliostro riu-se. Despiu o manto de necromante e revelou um extraordinário fato de tafetá azul, com galões de ouro em todas as costuras. Os anos e a necessidade de se fazer notar tinham-lhe conferido uma elegância ostensiva, que roçava por vezes o mau gosto.

– Não te ocupes de mim, por favor – disse ele. – Quanto à rainha, talvez pudesse comprovar as tuas palavras se não estivesse nos meus planos que as coisas se devem manter como estão e ir até onde devem ir, ou seja, muito longe.

A condessa aproximou-se de Cagliostro com um sorriso ansioso.

– Não confio os meus planos a ninguém. Que podes tu saber?

– Que Boehmer e Bassange, os joalheiros da coroa, têm à venda um fantástico colar de diamantes, outrora destinado a Du Barry; que a rainha quis esse colar e recusou-o por causa do preço... e que o cardeal é muito rico.

Se um raio caísse aos pés da condessa, não a teria petrificado mais. Ficou branca até aos lábios.

– És o próprio Satanás, Alexandre! Se sabes isso, podes perceber a extensão do meu poder. Mas, pelo menos, se precisar, poderás ajudar-me? Nem que seja com um conselho?

– Não, Jeanne. Já te disse: quero que as coisas vão até ao fim. No entanto, hoje, e pela última vez, vou dar-te um conselho: desconfia de duas coisas: o estado exacto da fortuna do cardeal e o orgulho da rainha. Um orgulho do qual deves ter aprendido a desconfiar, já que ela é tua amiga.

— Naturalmente. Por que mentiria? — disse a condessa, um pouco nervosa, enquanto o sorriso de Cagliostro se tornava mais mordaz.

— Isso seria estúpido. Mas não esqueças as minhas palavras: cuidado com o seu orgulho e com a data de 15 de Agosto!

Sem responder, a condessa levantou-se.

— Manda vir a minha liteira. Vou-me embora. E vê se a minha sobrinha está pronta, por favor. Tenho de ir.

— Já? Porquê tão cedo?

A mulher encolheu os ombros e lançou um olhar rápido para os pisos superiores.

— E por que não? A tua mulher está cá, não está?

No seu quarto, mesmo acima do salão onde se desenrolava esta curiosa conversa, Lorenza estava prostrada numa cadeira, frente à lareira. Sentia-se gelada até aos ossos. Os anos decorridos desde a estranha ausência de Joseph, em Hesse, tinham passado por ela sem deixar traços. Com mais de trinta anos, conservava o brilho e a frescura de uma rapariga. Esta beleza perfeita era um dos principais trunfos do seu esposo. Bastava olhar para a mulher para se ficar convencido dos poderes quase divinos do marido.

Mas esta deslumbrante beleza preservada do tempo tornara-se quase um peso para Lorenza, que agora se chamava Serafina, para que nada fizesse lembrar os Balsamo. Entre ela e o marido, o fosso alargara-se, repleto de ódio, ciúme não contido, ressentimento mal escondido e medo supersticioso. O amor de antanho não passava agora de amargura, que se tornava cada vez maior por causa das visitas das muitas mulheres que acorriam à casa do homem da moda, capazes de tudo para obterem os seus segredos.

Tanto tempo que já passara desde a Alemanha, e tantas as terras! Courland, Polónia, São Petersburgo, onde a Grande Catarina lhes reservara uma recepção lisonjeira, depois nova-

O feiticeiro da rua Saint-Claude

mente Varsóvia e, por fim, Estrasburgo. Aqui, o cardeal de Rhoan, apaixonado pelas ciências ocultas, oferecera-lhes a sumptuosa hospitalidade do seu palácio de Saverne. Foi nesse lugar que conheceram aquela condessa de La Motte, que se dizia Valois, e o seu complacente marido. Lorenza passara logo a odiar aquela mulher, em quem pressentia uma alma tortuosa, mas Joseph manifestara grande interesse pela bela Jeanne. Tiveram várias discussões, rapidamente sanadas pelo poder hipnótico que Cagliostro, mais forte que nunca, conservava sobre a sua mulher e mais tarde serenadas quando os La Motte deixaram Estrasburgo. Mas um ano depois de eles terem partido, Cagliostro seguiu-os a Paris, levado pelo cardeal, que desejava obter os seus serviços para o velho marechal de Soubise, seu familiar. Não tinha ele próprio sido curado de uma forte asma pelo «seu querido feiticeiro»? Mas esta tinha sido apenas uma visita curta, pois outras tarefas esperavam o mago, especialmente a criação de lojas maçónicas nas grandes cidades francesas.

Além disso, a ciência médica de Cagliostro era real. Os doentes eram rapidamente curados graças a três receitas misteriosas cujo segredo nem Lorenza conhecia: banhos, uma tisana e, por fim, um líquido incolor a que chamavam o elixir da vida. Onde é que Joseph aprendera esses segredos? Lorenza não sabia, embora suspeitasse do homem misterioso que eles tinham procurado por toda a Europa. Mas não lhe interessava aprofundar a questão, pois, com o passar dos anos, Lorenza agarrava-se cada vez mais desesperadamente à sua rígida fé de Romana, e tremia face às chamas de um inferno que ela acreditava estar prestes a abrir-se a todo o momento sob os seus pés e do marido.

O barulho do portão a ranger sobre os gonzos despertou-a do torpor. Foi à janela. Uma liteira saía do palácio, levando Madame de La Motte e a sua sobrinha. A chuva parara de cair.

Os criados fechavam o portão. Joseph devia estar agora sozinho...

Agarrando com a mão as dobras do seu vestido de cetim cor de folha seca, Lorenza dirigiu-se a uma pequena escada secreta que, por dentro da muralha, descia directamente para os salões.

No seu gabinete de trabalho, sala estranha que fazia de biblioteca e de laboratório, Cagliostro ocupava-se a trocar o seu fato azul por outro de cor negra, mais sóbrio, quando a mulher apareceu. Pelo espelho, viu-a chegar e sorriu-lhe.

– Ia agora ao teu quarto. Tenho de sair.

Cagliostro aproximou-se dela, beijou-a ternamente, mas o calor do beijo deixou Lorenza indiferente.

– Até que enfim, aquela mulher foi-se embora – disse ela duramente.

Cagliostro suspirou.

– Deixa de ser ciumenta, Lorenza. Juro-te que não tens qualquer razão para isso.

– Ela é tua amante. Pelo menos foi. Parece-me que isso basta.

– É ridículo. Há anos que te digo que preciso dela. Não passa de um peão no meu xadrez, mas um peão importante.

– Dizes isso... mas mentes, mais uma vez.

Cagliostro olhou em desespero para a mulher. Tornara-se tão dura, tão fechada. Para ela, o tempo do amor já passara, mas, para ele, estava no auge. Adorava-a, aquela maravilhosa beleza que ela conservava tão bem e pela qual se apaixonara perdidamente. Agora, longe ia o tempo das complacências que exigia dela, e quando se lembrava disso, o vermelho da vergonha invadia o rosto agora indecifrável do estranho homem. À medida que ela se afastava dele, Cagliostro procurava ardentemente aproximar-se, desesperado por sentir que,

O feiticeiro da rua Saint-Claude

certamente, seria tarde de mais... O seu poder magnético era o único que ainda tinha sobre ela, e tremia sempre com medo de perder esse poder.

— Juro-te que não a amo — afirmou ele com um tom desgostoso. — Juro que nunca a amei e que só te amo a ti; a ti, que recusas compreender que, finalmente, poderemos alcançar a felicidade, a paz. Só mais algum tempo, e a nossa fortuna ficará definitivamente garantida, a minha missão será cumprida.

Lorenza lançou um riso seco.

— A tua missão? Ah, sim! Destruir a monarquia em França, como outros o tentaram fazer noutros lados. Acreditas seriamente nisso?

— As lojas maçónicas que eu fundei estão a multiplicar-se. Não o ignoras, pois tu própria quiseste dirigir uma loja feminina. A custo, eu sei, mas fizeste-o. As ideias estão em marcha e reúnem-se os homens que derrubarão o velho edifício da monarquia. Mas é essa mulher, percebes, essa miserável criatura gangrenada, podre até à medula, que lhe desferirá o golpe mais rude... e não falta muito. Eu precisaria de anos para realizar aquilo que ela vai fazer. Daqui a alguns meses, apenas...

O negro olhar do feiticeiro parecia procurar nas chamas da lareira a sucessão de imagens que se erguiam no seu espírito e que só ele podia ver. Nesse momento, adquiriu uma espécie de grandeza profética, um aspecto tão temível e tão misterioso que Lorenza se benzeu precipitadamente várias vezes.

— Não sei onde vais buscar esse poder de adivinhar o futuro, nem quero saber; mas acho que vendeste a alma ao Diabo, Joseph, e que irás para o Inferno!

— Pensas que Satanás é o único que pode permitir a um homem ler o futuro? O conhecimento profundo do coração humano e a observação dos acontecimentos permitem também

adivinhar muitas coisas. Não sou o Diabo, Lorenza.... e, para ti, gostaria de ser apenas um homem, simplesmente o teu marido!
– Tive um marido que amei, e mataste-o.
Bruscamente, Cagliostro agarrou nos punhos de Lorenza.
– Talvez possa ressuscitá-lo – murmurou ele. – Não sabes que posso evocar os mortos? E se te devolvesse o marido, Lorenza, aquele Joseph Balsamo que tanto amavas?... e que, porém, não valia muito.

Com um grito desesperado, ela largou-lhe as mãos e afastou-se para o fundo da sala, tapando os ouvidos com as mãos, aterrorizada.
– Cala-te, não quero ouvir mais, és um ímpio!
Cagliostro voltou-se com um suspiro resignado, retirou de uma cadeira uma grande capa negra e lançou-a sobre os ombros.
– Volta para o quarto, Lorenza, e tenta dormir, bem precisas. Vou à Loja Egípcia. Esta noite vamos receber novos candidatos, um deles um grande senhor. Volto tarde. Boa noite.

Lorenza queria protestar, mas, subitamente, Cagliostro estendeu o braço na sua direcção, apontando dois dedos à testa pálida da jovem.
– Dorme! – ordenou ele, com uma voz forte. – Dorme!... Vai para o teu quarto. Só acordarás de manhã.

A jovem cambaleou, tentava apalpar o ar, como se procurasse um apoio, uma ajuda. Em seguida, os seus traços relaxaram, os olhos fecharam-se e sorriu. Girando suavemente sobre si mesma, dirigiu-se com um passo de autómato para a escada.

Cagliostro observou-a a subir. Quando ela desapareceu, lançou um suspiro profundo.
– A felicidade não é para ti, Acharat. Contenta-te com o poder sobre os homens e reza para que sejas poupado ao ódio da única mulher que amaste.

Momentos depois, o feiticeiro da rua Saint-Claude mergulhava rapidamente na noite escura de Paris...

V
O colar da rainha

Na noite de 27 de Março de 1785, enquanto a alegre multidão se juntava nas grades do iluminado palácio de Versalhes, enquanto se cantava e dançava nas ruas, enquanto o fogo de artifício incendiava o céu e o canhão troava incessantemente em honra do nascimento do Monsenhor Duque da Normandia, que seria mais tarde o Delfim, o rei Luís XVI recebia, no seu gabinete cuidadosamente fechado, o ministro Calonne e o seu tenente da polícia Lenoir.

Apesar da alegria deste grande dia, o rei parecia muito descontente. Andava nervosamente de um lado para o outro da grande sala, esmagando com os seus sapatos vermelhos a soberba tapeçaria da Savonnerie, e, de vez em quando, voltava à secretária para assinar rapidamente um processo aberto.

— Já passaram das marcas, senhor tenente da polícia. Os charlatões desse Cagliostro não têm limites. É urgente metê--los na ordem. Bem como os bizarros jantares que dá na sua casa da rua Saint-Claude e durante os quais os vivos jantam com os mortos, pelo que se diz...

— Exactamente — interveio Calonne. — A condessa de Briars, muito amiga da minha mulher, diz que jantou em casa dele com Voltaire, d'Alembert, Diderot e Montesquieu. O marquês de Ségur jura que teve a honra de ver Joana d'Arc e até o imperador Carlos Magno.

O rei enrubesceu de indignação e fulminou o seu ministro com um olhar muito imperioso para um soberano indulgente.

— Madame de Briars é uma velha tonta, que já só jura por esse charlatão desde que a curou de alguns reumatismos. Mas confesso que esperava mais bom senso do marquês de Ségur! Joana d'Arc. Por favor! Aquele homem deve tê-los hipnotizado, adormecido, sei lá!

— Ou simplesmente deve ter comparsas muito habilidosos — disse tranquilamente Calonne. — Parece que é absolutamente proibido tocar nos comensais-fantasmas, até com a ponta dos dedos.

— Isso não é muito grave, afinal de contas — interveio Lenoir. — Desagrada-me mais a loja maçónica, de rito egípcio, que esse Cagliostro criou. O duque de Luxemburgo é um dos seus dignitários, e Cagliostro usa aí o título de Grande Copta...

— Palhaçadas, só palhaçadas! — interrompeu o rei. — Mas aquela loja feminina de Ísis é realmente escandalosa.

— Ah sim? — inquiriu o ministro, que não assistira ao início da conversa entre o rei e o tenente da polícia. — De que se trata?

— É uma loja reservada às senhoras, cuja primeira sessão, dita de iniciação, se realizou recentemente. Ora, esta iniciação implicava certas coisas que... que...

— Em suma — interrompeu brutalmente Luís XVI —, tiveram de fazer prova da sua resistência às solicitações masculinas nos arvoredos de um jardim, e depois despir-se

O colar da rainha

totalmente para receber o «beijo da amizade» na pureza e inocência originais...

Calonne deixou escapar uma risada, que logo reprimiu. O rei lançou-lhe um olhar fulminante:

— Achais isto engraçado? Pensai no escândalo. E que dirá a rainha?

— Evite-se dizer-lhe — afirmou o ministro, fazendo um esforço meritório para recuperar a seriedade. — E Senhor, rogo a Vossa Majestade que me perdoe, mas parece-me ser uma graça de imaginação transbordante...

— Também vós, Senhor, ao que parece. Em todo o caso, sabei que proíbo de futuro esse género de... manifestações. Para já, em honra do nascimento do nosso filho, não perseguiremos o... Grande Copta, mas que fique quieto! Boa noite, Senhores...

De mãos atrás das costas, Luís XVI saiu do gabinete em passo rápido, enquanto os dois homens lhe faziam uma vénia profunda. No dia seguinte, Cagliostro recebeu a ordem de encerrar a loja feminina, sob pena de vir a sofrer grandes aborrecimentos, e de cuidar para que a sua loja masculina não desse que falar. Mas recebeu estas instruções com um sorriso enigmático.

— Quando se lança uma pesada máquina por uma colina abrupta, aquele que tentar detê-la só pode ser esmagado por ela...

Algum tempo depois, ao passar a pé pela rua Neuve-Saint-Gilles, perto de sua casa, Cagliostro viu que esta rua estreita e apertada se encontrava congestionada por uma grande berlinda de viagem, que ocupava toda a largura da via. O tecto e a traseira do veículo estavam cheios de caixas, malas e numerosas bagagens. A berlinda parara mesmo em frente da casa da condessa de La Motte e os criados saíam continuamente, carregados de outros pacotes, que empilhavam numa carruagem alinhada atrás do carro. Levavam até os móveis.

Senhores da Noite

Com um brilho de alegria maliciosa nos olhos, o feiticeiro deteve-se e, misturando-se com os transeuntes, observou. Momentos depois, viu aparecer os La Motte, marido e mulher, e dirigiu-se a eles. O casal envergava roupas de viagem.

— Então, de partida? — inquiriu, tirando o chapéu para saudar Jeanne e o marido.

Sorriram em conjunto, disfarçando mal a contrariedade que lhes causava o encontro.

— Meu Deus, sim — respondeu Jeanne, desviando os olhos para evitar o olhar perigoso do antigo amante. — Sufocamos nestas ruas estreitas. Estes primeiros dias de Agosto são tórridos. Vamos procurar ar puro na nossa casa de Bar-sur--Aube.

— Ides apenas para Bar? Com toda esta bagagem? Pensava que passaríeis pelo menos a fronteira, e fiquei preocupado. Afinal, o caminho de Bruxelas pode passar por Bar...

Jeanne mordeu os lábios. O marido achou por bem vir em seu socorro.

— A condessa sente-se cansada — disse ele, com o seu habitual riso tolo. — Precisa de repouso.

— Certamente. Além disso, a vossa região é encantadora. Far-lhe-á muito melhor do que Paris... sobretudo pelas festas da Assunção (*).

A condessa empalideceu à evocação da data que o feiticeiro lhe declarara fatídica, mas Jeanne superou a emoção, levantou orgulhosamente o queixo e preparou-se para subir para o carro. Galante, Cagliostro ofereceu-lhe a mão.

— Tendes um carro admirável. Pelo que vejo, a fortuna decidiu finalmente sorrir-vos. A rainha, sem dúvida?

(*) Celebradas a 15 de Agosto. (*N.T.*)

O colar da rainha

O olhar viperino que Jeanne lhe lançou fê-lo sorrir. Cagliostro debruçou-se e baixou suavemente a ponta dos dedos que continuava a agarrar.

— Boa viagem, minha querida. Gostaria que regressásseis em breve, mas, pelo vosso aspecto, aconselhar-vos-ia as águas de Spa ou de Baden. As águas francesas não vos fazem bem.

— Não creio. De qualquer modo, conto ficar algum tempo nas minhas terras.

— Ora. Os homens põem e Deus dispõe. Creio que Paris voltará a ver-vos muito em breve... a menos que ides tratar--vos para o estrangeiro...

— Nem pensar! E não preciso. Bar-sur-Aube bastar-me-á...

Cagliostro inclinou-se e recuou para deixar andar o coche, no fundo do qual Jeanne desaparecera. Enquanto o pesado veículo se punha em marcha com um barulho ensurdecedor, encolheu os ombros e, desdenhoso, murmurou:

— Vai, corre, foge se quiseres! A tempestade rebentará e, penses o que pensares, irá apanhar-te. A samarra púrpura do cardeal é feita de seda frágil; não te poderás esconder nela.

Ao voltar lentamente para casa, Cagliostro pensava para si mesmo que Jeanne era realmente muito menos bela do que Lorenza, sobretudo quando tinha medo como agora. Quanto a si próprio, sabia que a sua tarefa estava concluída, que as sementes da ira e da revolta estavam semeadas em boas terras. Talvez fosse afectado pela tempestade que tão cuidadosamente preparara, mas, independentemente do que lhe acontecesse, estava consciente de ter cumprido a sua missão. Só faltava tentar proteger o que restava do seu amor.

A tempestade rebentou na data prevista por Cagliostro. No dia 15 de Agosto de 1785, desencadeou-se o drama que a História iria conhecer pelo nome do Caso do Colar da Rainha. Maria Antonieta, embora inocente, perdeu neste caso parte da sua honra, o trono parte do seu equilíbrio. Os factos são conhecidos: a condessa de La Motte, dizendo-se amiga da rainha, convenceu o cardeal de Rhoan, de quem fora amante, a comprar, sem conhecimento do rei, o fabuloso colar de diamantes feito para a condessa Du Barry e que Maria Antonieta, chocada com o seu preço de 1 600 000 libras, recusara [4]. A rainha, disse-lhe ela, comprometia-se a pagar o colar com letras de câmbio, de seis em seis meses. O cardeal só tinha de contribuir com o nome para o negócio, fazer a compra oficialmente.

Desde há muito que Luís de Rhoan estava perdidamente apaixonado pela rainha. Apesar do seu encanto pessoal, o cardeal não tinha muitas esperanças: a rainha tratava-o bastante mal. Voltar a ficar sob as suas graças era então o seu desejo mais querido, e esta «amiga da rainha», que se oferecia para o ajudar, depressa passou a ser-lhe mais querida, mais preciosa do que tudo. Estava pronto a acreditar nela cegamente. Era tão encantadora, a bonita Jeanne!

Umas cartas falsas de Maria Antonieta, redigidas pelo amante em título da condessa La Motte, tornaram o cardeal escravo de Jeanne. E mais: certa noite, ela organizou-lhe uma entrevista, no parque de Versalhes, com uma mulher que ele tomou como sendo a rainha. De facto, tratava-se de uma sósia vestida com um dos vestidos da soberana, uma cortesã do Palácio Real chamada Nicole d'Oliva. Deste modo, o cardeal Rhoan, louco de alegria, aceitou tudo de olhos fechados. Comprou o colar (a crédito, uma vez que a rainha tinha de pagar de seis em seis meses) e entregou-o a Jeanne. Esta, frente à sua vítima, confiou a jóia a um pretenso emissário da

---

[4] O mesmo colar custaria actualmente mais de 4 500 000 euros. Estimativa da Linz Bros-Londres.

O colar da rainha

rainha. Na verdade, ela ficou com o colar, desmontou-o e o marido vendeu-o aos pedaços em Londres.

Jeanne imaginava que quando o cardeal se apercebesse de que tinha sido enganado, preferiria pagar as 1 600 000 libras do colar do que provocar um enorme escândalo e confessar a sua assombrosa credulidade. Mas não contava com os joalheiros, que, vendo a sua primeira letra por pagar e verificando que a rainha ainda não usara o famoso colar, foram directamente a Versalhes, em vez de irem falar com o cardeal. Conseguiram uma audiência com a rainha, que, obviamente, desceu à terra e depois, percebendo mais ou menos o que se passara, foi invadida por uma cólera violenta, alimentada ainda pelo ódio – incompreensível, aliás – que tinha pelo cardeal-príncipe.

Após uma discussão tempestuosa no gabinete do rei, quando o cardeal em nobres vestes sacerdotais se dirigia à capela para celebrar a missa da Assunção, ouviu-se uma ordem, insensatamente decretada pela rainha:

– Parai, senhor cardeal! Estais preso!

O escândalo foi enorme. Rhoan deixou-se deter com grande dignidade e teve até tempo de enviar um mensageiro a Paris para mandar queimar algumas cartas, que guardava até então como o seu bem mais precioso. Queria proteger a rainha, a custo da sua própria segurança. Esta agradeceu-lhe tratando-o como um patife e ladrão.

Pouco tempo antes, a condessa de La Motte fora detida em Bar-sur-Aube (o conde saíra para Londres), o falsário Réteau de Villette, autor da correspondência com a rainha, foi detido em Itália, bem como Oliva, a rapariga que se assemelhava à rainha. Mas o que Cagliostro não previra era que a condessa de La Motte, louca de raiva ao verificar que ele tinha adivinhado tudo, iria denunciá-lo como o instigador da conspiração pretensamente fomentada pelo cardeal. A 23 de Agosto, um oficial da polícia apresentou-se na rua Saint-Claude, armado e escoltado por oito soldados, revolveu a casa de Cagliostro em busca de provas de traição e declarou-lhe:

– Em nome do rei, estais preso!...

Ele e Lorenza foram levados para a Bastilha. Chegara a altura de Cagliostro começar a pagar pelas suas acções.

Nove meses depois, no dia 1 de Junho de 1786, Cagliostro e Lorenza encontraram-se a sós, frente-a-frente, no grande salão devastado da sua casa. Lá fora, a multidão que trouxera o feiticeiro em triunfo desde o Palácio da Justiça (Lorenza fora absolvida e libertada algum tempo antes) continuava a aclamá--los, mas eles, esgotados, quase não se reconheciam. A experiência tinha sido cruel e, ao contemplar aquele homem inchado de traços bem marcados e olhos cansados, Lorenza sentia uma estranha piedade invadir-lhe o coração. Também ela sentia um calor desconhecido desde há longos meses.

No dia anterior, os sessenta e quatro magistrados do Parlamento, reunidos às seis horas da manhã na antiga Sala São Luís, haviam proferido o seu julgamento. Absolveram o cardeal de Rhoan, Cagliostro e a jovem Oliva; condenaram o conde de La Motte e Réteau de Villette às galeras. Quanto à bela condessa, devia ser chicoteada em público, nua, marcada a ferro em brasa nos dois ombros com o L dos ladrões e depois internada para sempre na Salpêtrière ([5]).

A multidão aclamara os absolvidos. Sob uma chuva de flores, levara-os em triunfo até à sua casa. Agora que a turba se retirava, o casal podia avaliar a extensão dos danos que tinham sofrido.

([5]) De onde se evadiria pouco depois, com uma estranha facilidade.

O colar da rainha

Silenciosamente, percorreram as salas, tocando nos móveis esventrados, nas tapeçarias arrancadas. E como uma lágrima caísse ainda dos olhos de Lorenza, Cagliostro esforçou-se por sorrir.

— Não é grave. Tudo isto depressa será consertado. Agora, juro-te, viveremos apenas para nós próprios.

Lorenza, desiludida, encolheu os ombros.

— O que mudou? Está tudo na mesma. És ainda mais popular... Viveremos para os outros, para o dinheiro.

Suavemente, o feiticeiro pousou as mãos nos ombros da jovem.

— Não. O carro está agora lançado e só tenho de o deixar rolar. As Lojas não me verão mais. A monarquia está condenada, o meu papel aqui terminou. Podemos limitar-nos a viver. Não será altura de ressuscitar aquele marido que tanto choravas, há alguns meses? Se quisesses, Lorenza, ainda podíamos ser felizes.

Lorenza lançou-lhe um olhar perplexo. Pela primeira vez em muito tempo, parecia sincero. Havia no seu olhar um ardor, uma ternura que lhe dava confiança porque desde há muito que recusava olhá-lo. É verdade que sempre fora muito duro, cruelmente cínico!

— Receio que nem tu possas deter-te, Joseph. Estás envolvido numa engrenagem maldita que te destruirá. Não se pode desafiar Deus impunemente. Mais tarde ou mais cedo, serás castigado...

— Se o esperar perto de ti, não terei medo. Além disso, talvez me possas converter. Ficaremos aqui muito sossegados, muito felizes, os dois...

Uma névoa passou pelos olhos claros de Lorenza. O seu olhar dirigiu-se para longe, para lá das paredes daquela casa que ela detestara. Era o mesmo olhar que tinha quando Cagliostro a obrigava a dormir para vencer as brumas do futuro e das distâncias.

Senhores da Noite

— Não teremos tempo, Joseph. Temos ainda caminhos diante de nós, caminhos intermináveis.

Com efeito, na manhã de 13 de Junho, o punho do oficial da polícia batia novamente à porta da casa da Rua Saint-Claude. Trazia um pergaminho com o selo real: a ordem para Cagliostro e sua mulher deixarem Paris nas próximas quarenta e oito horas, e a França num prazo de três semanas...
— Eu bem disse — murmurou Lorenza. — Não teríamos tempo de ser felizes aqui.
Em silêncio, Cagliostro releu lentamente o pergaminho; depois enrolou-o e devolveu-o ao oficial.
— Dizei ao rei que lhe obedecerei.
Em seguida, voltando-se para Lorenza, abriu-lhe os braços com um sorriso afectuoso.
— ... Seremos felizes noutro lado. O mundo é imenso à nossa volta, e se a França nos expulsa, há cem países que nos receberão. Basta querer, verdadeiramente, ardentemente, ser feliz. Queres?
Docemente, sob os olhos pasmados do oficial, que nunca vira exilados tão resignados, Lorenza foi aconchegar-se nos braços do marido.
— Gostaria muito de tentar. Partamos, Joseph.... Tens razão. Deixemos depressa esta casa. Já aqui chorei demasiado.
Nessa mesma noite, uma diligência levou-as para Calais. A vida errante recomeçava, mas, convencida de que encontraria finalmente a felicidade, Lorenza encarava-a sem receio.

Mas não se escapa ao destino. Logo que chegou a Londres, para onde se exilara, Cagliostro recebeu um daqueles misteriosos mensageiros que sempre lhe haviam pautado a vida. Esperava viver como uma pessoa vulgar, esquecer a política. Mas não podia.

O colar da rainha

De Londres, o Grande Copta e a sua mulher foram para a Suíça. Em Bienne, o pintor Lautherbourg ofereceu-lhes hospitalidade enquanto Cagliostro difundia a boa nova. Mas a mulher do pintor era demasiado bonita e Lautherbourg tão ciumento quanto Lorenza. Para evitar uma contenda sangrenta, os eternos errantes voltaram à estrada, para Aix-les-Bains, então em território da Sardenha, e depois para Turim, Roveredo e Trento. Em toda a parte, Cagliostro fundava as suas lojas maçónicas, cujo grande objectivo era minar a ordem estabelecida e as principais religiões.

E de toda a parte, cedo ou tarde, eram expulsos. Foi então que Lorenza, cuja esperança de felicidade se ia desvanecendo aos poucos, manifestou pela primeira vez a sua vontade. Quando Joseph propôs que fossem para a Áustria, ela insurgiu-se:

— Vamos para Roma — disse ela calmamente. — Para Roma e mais lado nenhum.

— Estás louca? Ir a Roma é lançarmo-nos na boca do lobo. Pensas que o Santo Ofício me verá com bons olhos a pregar a liberdade de pensamento? Queres mandar-me para a fortaleza dos princípios contra os quais luto?

— Será Roma ou nada! Se resolveres ir para outro lado, não te seguirei, Joseph. Estou farta desta vida. E se o quiseres realmente, em Roma estarás tão seguro como noutro lado qualquer. Basta que fiques sossegado.

— Deixar-me-ias? Tu, Lorenza...

Ela suportou o olhar que durante tanto tempo a fizera tremer.

— Sem hesitar! Arrastas-me para o Inferno, Joseph. Já não quero seguir-te. Ou me levas para a minha cidade ou continuarás sozinho.

Cagliostro baixou a cabeça. Apesar das vicissitudes sofridas juntos, das cenas violentas, das contrariedades, estava mais do que nunca apegado a Lorenza, e a idade que começava a pesar-lhe nos ombros transformava esse amor numa paixão ciumenta e exclusiva, quase doentia. Há três anos que tinham saído de Paris, e a felicidade prometida ainda não chegara. Se quisesse conservá-la, teria de, por uma vez, obedecer à vontade de Lorenza... fosse qual fosse o preço a pagar.

– Iremos para Roma – aceitou ele finalmente. – Farei o que me pedes.

Parecia que a mão misteriosa e longínqua que há muito o fazia agir o tinha finalmente libertado. O Mestre dos Mistérios não dava sinais de vida há alguns anos, mas, por causa de certos sinais e ordens, Cagliostro duvidava disso. Desta vez, estava decidido a agir como se se tivesse tornado realmente senhor de si. A liberdade que pregava aos outros, queria-a para si mesmo, porque Lorenza também a queria... Fizera-a sofrer tanto, era agora a vez dela dirigir os seus destinos. Repetia mentalmente, como se tentasse convencer-se:

– Sim... iremos para Roma... Afinal de contas, pode ser que tenhas razão... Talvez não arrisque nada.

Em Cagliostro, pela primeira vez, o amor ganhava à prudência. Mas qual foi o homem que alguma vez conseguiu fugir ao seu destino?

VI

As garras do Santo Ofício

No início do mês de Agosto de 1789, um calor insuportável abatia-se sobre Roma. Miasmas pestilentos, vindas do Tibre quase seco e dos pântanos vizinhos, invadiam a cidade, semeando a doença e a morte. Mas na Igreja de San Salvatore in Campo, onde terminava a missa da tarde, reinava uma frescura de cave.

Escondida atrás de uma coluna próxima do confessionário de onde saíra, Lorenza estava mergulhada numa oração profunda. Ajoelhada no lajedo, de costas curvadas e rosto escondido nas mãos, sob o longo véu negro que lhe cobria a cabeça, chorava amargamente. O canto do órgão só lhe chegava através de um espesso nevoeiro, em contraponto à voz pausada do padre que ela pensava ainda ouvir. Aquele padre de rosto desconhecido, que lhe infligira o mais cruel golpe.

— Enquanto continuardes a tirar proveito das acções criminosas desse homem ímpio com quem viveis, não poderei dar-vos a absolvição...

Lorenza tentara defender-se:

Senhores da Noite

— Mas é o meu marido, padre, o meu marido diante de Deus! Foi aqui mesmo que nos casámos há vinte anos. A lei divina, tal como a lei humana, obriga-me a segui-lo e a obedecer-lhe em todas as coisas.

— Excepto no que respeita à salvação de vossa alma! O caminho da facilidade levar-me-ia a aconselhar-vos a fuga, o retiro num convento, mas é mais meritório ficar junto dele e opor-vos à obra demoníaca que ele persegue.

— Como posso fazê-lo? Nunca me pede conselho e eu, diante dele, sou só fraqueza. Tem um poder diabólico sobre mim.

— Nós ajudar-vos-emos. Voltai frequentemente aqui em busca de força para reencontrar esse Deus que tão gravemente haveis ofendido. E se vosso marido recusar deixar-se convencer, ser-vos-á então fácil procurar auxílio mais eficaz. O Santo Ofício já conseguiu chamar à razão muitos pecadores endurecidos.

— O Santo Ofício? — gemeu a mulher, apavorada.

— Por que não? Se for para o bem da alma desse homem que haveis amado... Pois havei-lo amado, não é verdade?

— Já não. Odeio-o... e tenho medo dele!

— Uma verdadeira filha da Igreja não deve temer as armadilhas do demónio. Rezai e voltai mais tarde.

Estas palavras zuniam na cabeça de Lorenza, e a oração desesperada, incoerente, que dirigia ao céu era apenas a expressão dessa confusão elevada ao paroxismo. Ao fim de um longo momento, ergueu-se penosamente, voltou a cobrir o rosto com o véu e deixou lentamente a igreja de regresso à pequena casa da praça Farnese, onde Joseph e ela se haviam instalado.

Ao voltar a casa, depois de ter feito algumas compras para o jantar, encontrou o marido instalado no pequeno salão do

As garras do Santo Ofício

primeiro piso. A casa, situada frente ao faustoso palácio Farnese, estava longe de ser luxuosa. Volvido estava o tempo dos faustos da Rua Saint-Claude e o dinheiro faltava com frequência. O casal vivia de expedientes e da caridade dos irmãos maçons. É que, assim que chegou à cidade, o incorrigível Joseph apressou-se a recrutar adeptos e a fundar uma loja egípcia. Era muito perigoso, tanto mais que em Roma, além da polícia papal ser extremamente activa, havia já outra loja, muito secreta e poderosa, chamada Loja dos Verdadeiros Amigos, que era quase tão temível quanto os esbirros pontificais.

Junto de Cagliostro, Lorenza encontrou duas personagens estranhas, que se haviam tornado seus comensais habituais. Um deles era um certo Antoine Roulier, capuchinho por força e revolucionário por vocação, que se tornara secretário do feiticeiro. O outro era um pequeno homem com cerca de cinquenta anos, activo como um rato e muito cioso da sua elegância, apesar de uma corcunda muito visível. Chamava-se Charles-Albert de Loras, era magistrado da Ordem de Malta e representava a Ordem nos processos que podiam interessar Roma. Estava alojado no palácio de Malta e desejava perdidamente tornar-se embaixador do Grão-Mestre junto do Vaticano.

O interesse juntara estas três personagens. Loras contava com as relações que Cagliostro conservara com o cardeal de Rhoan, então exilado na Abadia de Chaise-Dieu, para conseguir o cargo tão desejado, uma vez que o Grão-Mestre era também um Rhoan. Quanto a Cagliostro, contava com Loras para lhe permitir terminar os seus dias em Malta, onde, por agora, já não era *persona grata*, num ambiente calmo e desafogado. Só o capuchinho não procurava nada: era um iluminado genuíno.

Naquele momento, Antoine Roulier escrevia qualquer coisa ditada por Cagliostro, enquanto que Loras, sentado num cadeirão, bebericava um vinho branco de Castelli Romani e dava notícias da cidade.

— O calor e a febre dizimam os rebanhos na Campagna, e o povo está com medo. Além disso, esta manhã, retiraram do Tibre o cadáver de um homem atado de pés e mãos, completamente desfigurado por uma faca. Trazia ao peito um cartão com um emblema maçónico.

— Hum! – fez Cagliostro, estremecendo ligeiramente. – Os Verdadeiros Amigos parecem ter a mão pesada. Um traidor, sem dúvida.

— Ou um adversário. Não gostam nada de nós. É capaz de ser um dos nossos.

— Sabê-lo-emos na próxima reunião. Mas a situação parece estar a acalmar e...

A chegada de Lorenza fê-lo deixar a frase em suspenso. Propôs logo uma partida de gamão ou de cartas, pois o calor era demasiado forte para trabalhar.

Os três começavam a instalar-se quando um homem, jovem e elegante, mas ofegante, entrou de rompante na sala.

— Venho da estação de muda de cavalos! – exclamou ele. – Há notícias de França, grandes notícias: o povo tomou a Bastilha. Decapitaram o governador e demoliram a fortaleza. Mais, os deputados do Terceiro Estado obrigaram os Estados Gerais a reunir-se em Assembleia Constituinte. A monarquia absoluta morreu!

Quase afónico, o jovem esbaforido, que não era senão o marquês Vivaldi, outro afiliado, deixou-se cair numa cadeira e serviu-se de um grande copo de vinho de Castelli Romani. À sua volta, os outros estavam em êxtase. Havia risos, gritos e aplausos.

— Temos de reunir os Irmãos ainda esta noite – dizia Cagliostro. – Este vento de liberdade, se soubermos explorá-lo, pode chegar até nós.

As garras do Santo Ofício

Mas, de súbito, a voz de Lorenza fez-se ouvir, fria como gelo:

— Um pouco menos de barulho, senhores, ou então deixem-me fechar a janela! Vejo ao fundo da praça uma silhueta negra que parece interessada na casa.

Como que por magia, fez-se silêncio.

De madrugada, Cagliostro regressou a casa, mas, em vez de se dirigir para o seu quarto, ao lado do da mulher, desceu à cave, onde instalara um laboratório rudimentar. Era aí que fabricava as pastas, unguentos, bálsamos e electuários que vendia e que lhe permitiam viver. No entanto, não queria trabalhar, mas reflectir calmamente, após uma noite agitada.

Estava tão absorto que nem ouviu Lorenza a descer e só deu com ela, branca nas suas vestes de noite, quando esta se pôs à sua frente. Ele sorriu-lhe.

— Não estavas a dormir?

— Não. E depois ouvi ranger a porta. Por que não te foste deitar?

— Não conseguiria dormir. A notícia desta noite deixou-me excitado. Lembras-te, quando deixámos Paris, dirigi uma carta ao povo francês, anunciando que essa Bastilha maldita, onde estivemos presos, seria arrasada, e o seu lugar transformado em praça pública. E não me enganei!

— Com efeito — disse Lorenza, pensativa. — Já anunciaste muitos acontecimentos que se revelaram exactos. Mas não poderia a tua clarividência decifrar o nosso próprio futuro? Não vês o abismo que está à nossa frente?

— Já te disse cem vezes: para ler o futuro, preciso de uma virgem, uma jovem idealmente pura. Mas como encontrá-la nesta cidade medrosa e beata?

— Cala-te! — interrompeu-o brutalmente Lorenza. — Não insultes uma cidade que respeita a lei divina. Abandonaste Deus com as tuas práticas mágicas. Ele retirou-te os meios. Cuida para que Ele não faça pior!

– Nunca nos entenderemos sobre isso – suspirou Cagliostro. – É provável que morramos sem estar de acordo. Mas, por agora, juro que só tenho em vista a nossa segurança. Já não podemos ficar aqui durante muito tempo sem perigo, e Malta não se apressa a oferecer-nos asilo. Mas, depois desta noite, tive uma ideia melhor.

– Qual?

– Voltar a França. Agora, já nada tenho a temer do rei. As mudanças sociais que estão a acontecer podem reservar-me um grande papel político. Quanto mais penso nisso, mais acho que é aí que está a salvação.

– Não! – gritou Lorenza, invadida por súbito terror. – Não. Não quero voltar a França. Quero ficar aqui ou ir para Malta. A França caiu na impiedade, e eu quero salvar a alma, estás a ouvir? Não quero mais seguir-te nos caminhos da danação.

– Mas, desgraçada, pensa que, se ficarmos aqui, o repouso que procuras só o encontrarás no fundo de um calabouço do Castelo Santo Ângelo! Se não for no fundo do Tibre, com uma grilheta ao pescoço. Não podes querer isso, ou então, é porque já não me amas.

Lorenza ainda hesitou face à cruel verdade.

– Não. Já não te amo. Além disso, provocas-me horror. Para mim, só me interessa a salvação!

– Nunca te devia ter trazido para aqui! – bradou Cagliostro, de dentes cerrados face a tamanha obstinação. – Reencontraste aqui todas as superstições da tua infância. Então, como queiras: fica aqui, com as tuas loucuras. Eu vou para França, sem ti!

Lentamente, Lorenza aproximou-se dele e pousou-lhe uma mão gelada no braço.

– És o meu marido, Joseph, e tenho de te seguir, ainda que tal me desagrade. No entanto, pensa bem, pois vou para onde fores, quer queiras quer não!

As garras do Santo Ofício

A missa da manhã encontrou Lorenza ajoelhada no confessionário de San Salvatore, a cochichar febrilmente:

— Ele quer partir, padre, quer ir para França, juntar-se aos revolucionários.

— Não pode ir, de maneira nenhuma. Se o deixais levar-vos para lá, estareis perdida e sem esperança de salvação. Mas se ele foi exilado, só pode voltar a França com uma autorização oficial. Nada está perdido.

— Ele conta pedir essa autorização à nova Assembleia. Segundo o meu marido, aquilo que lá fez para ajudar a Revolução deve assegurar-lhe a simpatia dos novos governantes. Está convencido de que será bem recebido. Em França, o povo amava-o.

— E tem certamente razão. É preciso vigiá-lo, minha filha. Ele não pode enviar cartas para França sob qualquer pretexto. Se escrever, tentai ficar com a carta. Se ele a enviar, estais perdida.

— Não partirá, juro! Farei o que for preciso.

Ora, entretanto, Cagliostro escrevia.

O capuchinho-secretário releu cuidadosamente a carta, corrigiu uma palavra menos exacta e estendeu-a a Cagliostro.

— Tendes a certeza de que a Assembleia aceitará o vosso pedido?

— Não pode desprezar os serviços que prestei à sua causa. Eu poderia ter evitado o terrível escândalo do Colar, que tão rude golpe desferiu na monarquia francesa. Poderia ter neutralizado essa infernal condessa de La Motte, denunciá-la. Além disso, fui sempre amigo do povo, que me estimava. Lembrai-vos de que tratei mais de 15 000 doentes, muitos deles gratuitamente. Não, a Assembleia não me o pode recusar, pois sou ainda capaz de lhe prestar muitos serviços!

— Espero que sim e desejo-o, pois devo acompanhar-vos; mas a carta que escrevemos parece-me muito perigosa. E se

Senhores da Noite

caísse em mãos inimigas? Está aqui exposta toda a vossa actividade maçónica, todo o vosso papel em França.

– Não vos preocupeis. Um dos nossos irmãos, encarregado de uma missão oficial que o coloca ao abrigo de revistas e buscas, parte amanhã para França. Prometeu-me levá-la. Farei com que a receba amanhã pelos meios habituais.

Lorenza, que chegara há pouco e ouvia a conversa, escondida entre as roupas de um quarto de vestir cuja porta entreaberta dava para o pequeno salão, sentiu o coração parar: ainda não descobrira como é que o marido fazia chegar as suas mensagens secretas aos afiliados.

– Até lá, que fareis com a carta?– inquiriu o padre Roulier.
– Ficará comigo. Vou trabalhar toda a noite.

Lorenza ouviu os dois homens a descer a escada em direcção à porta de casa, e aproveitou o momento para sair rapidamente do quarto de vestir. Tinha de apanhar, a todo o custo, aquela carta que o marido guardara no bolso. Mas como?

Na escada, encontrou Joseph, que lhe anunciou que ia ao boticário do Campo dei Fiori. Depois foi a criada, que, ao sair da cozinha, lhe pediu algum dinheiro para ir comprar velas.

– É preciso dar uma olhadela na cozinha – disse a rapariga. – Tirei o vinho e preparei tudo para o jantar, mas não queria que o meu porco se queimasse no espeto.

– Eu trato disso. Ide sossegada.

Quando a criada saiu, Lorenza olhou para os pratos postos na mesa. Teve uma ideia. Agarrando num coto de vela, acendeu-o e desceu rapidamente à cave. Pouco tempo depois, regressou e aproximou-se da mesa. Hesitou por momentos. Mas o seu olhar encontrou, na parede da cozinha, uma imagem religiosa que representava o anjo exterminador a derrotar o demónio. Então, rapidamente, esvaziou na garrafa de vinho o conteúdo do frasquinho que escondia entre as

As garras do Santo Ofício

mãos e agitou a garrafa. O vinho turvou ligeiramente, mas recuperou a limpidez. Com cuidado, provou-o; parecia normal. Quando a criada voltou, pouco tempo depois, encontrou a patroa ocupada a virar o espeto onde estava a assar o leitão.

Já passava muito da meia-noite quando Lorenza desceu cuidadosamente a escada da casa. O silêncio era total, a escuridão completa. Chegada à porta da cave, abriu-a às apalpadelas e ficou algum tempo à escuta. Nenhum barulho vinha da cave, cuja luz se reflectia tenuemente na escada de caracol. Os seus pés nus sobre a pedra fria não a iriam denunciar. Desceu alguns degraus, ouviu o eco de um ronco sonoro e, completamente tranquila, foi até ao fundo da escada.

No meio do laboratório, perto do forno quase a apagar-se, Joseph, sentado à mesa, dormia profundamente, a cabeça sobre os braços. Rapidamente, Lorenza aproximou-se dele, vasculhou-lhe os bolsos com a mão a tremer e encontrou finalmente o que procurava: um grande envelope endereçado ao presidente da Assembleia Constituinte de Paris. Reprimindo uma exclamação de alegria, guardou a carta no corpete, subiu a correr a escada e preparou-se para sair. Reconsiderou, entrou na cozinha e procurou a garrafa na qual se lembrava de ter visto ainda um pouco de vinho ao fim do jantar. Mas a criada deve ter bebido aquele resto. Vazia e limpa, a garrafa estava arrumada no seu lugar habitual. Então, realmente tranquila, não receando ser ouvida, Lorenza baixou o seu capuz sobre o rosto, envolveu-se num espesso manto e saiu para a noite.

Quando Cagliostro despertou do seu sono pesado, não percebeu logo o que se passara. Mas ao levar a mão ao bolso, verificou que a carta já não lá estava. Sentiu-se invadido por um temor brutal. A ideia de que alguém se introduzira na sua casa durante a noite refulgiu-lhe no espírito. Subiu as escadas a correr até ao quarto da mulher, para saber se ela teria ouvido alguma coisa. Lorenza, com um braço graciosamente dobrado sob a cabeça, dormia tão bem que não teve coragem para a acordar. Nem sequer lhe veio à ideia de que o culpado podia ser ela...

Contudo, no dia 27 de Dezembro, a polícia pontifícia detém Cagliostro na sua casa da Praça Farnese e, em nome de Sua Santidade Pio VI, conduziu-o ao Castelo de Santo Ângelo. A marquesa Vivaldi, que se encontrava em casa dele, só teve tempo de fugir com a mensagem que levava em nome do marido e Lorenza foi também presa. Mas limitaram-se a levá-la para um agradável convento, para que aí pudesse reencontrar o caminho da fé e da virtude.

Não tinha remorsos nem receios. O processo que o marido iria sofrer só lhe podia fazer bem. Por seu lado, Lorenza tinha finalmente encontrado a paz...

Cagliostro observava alternadamente os três juízes vestidos de negro e o papel que o maior deles segurava.

— Essa carta? — murmurou ele. — Sim, fui eu quem a ditou. Mas como é que foi parar às vossas mãos? Suplico-vos, dizei-me...

Exprimia-se com dificuldade, já enfraquecido por longos meses de prisão no fundo de uma masmorra sem ar nem luz, situada abaixo do Tibre, cujas águas invadiam a cela em períodos de cheia. Ninguém reconheceria naquele prisioneiro esfarrapado, mirrado, de olhos encovados e brilhantes de febre, o magnífico feiticeiro da Rua Saint-Claude, o milagreiro da Europa. Não passava agora de um pobre homem aterrorizado.

Os lábios do grande juiz quase não se mexiam, mas as chamas das velas alumiadas faziam-lhe brilhar os olhos baços.

As garras do Santo Ofício

— Foi a vossa mulher que nos a entregou. Vossa própria mulher, revoltada com as vossas práticas e desejosa de salvar a sua alma.

— A... minha mulher?

Parecia não compreender, repetia a palavra como se procurasse dar-lhe sentido. Depois, bruscamente, desatou a rir, um riso de louco com gargalhadas ásperas, um riso interminável e que gelava os soldados de guarda à porta... Ria ainda quando os juízes o condenaram à morte...

Estranhamente e muito pouco conforme aos hábitos do Santo Ofício, a condenação à morte pronunciada contra Cagliostro foi comutada em prisão perpétua. Através de que influência? Nunca se soube. O facto é que a fortaleza papal de San Leo, perto de Viterbo, recebeu o condenado. Com um ninho de águia a coroar um pico rochoso, era uma prisão cruel, cujas celas estavam infestadas de bichos e da qual os camponeses se afastavam por temor instintivo. Cagliostro foi aqui posto na solitária, em condições tão duras que depressa perderia a razão. Pelo menos, os rumores propagavam-se.

Nas noites escuras, o camponês que passasse perto da sombria fortaleza podia ouvir gritos, risos loucos, bramidos e também soluços, aos quais se juntava um nome de mulher que não se percebia bem. Então, o homem cobria os ouvidos com a boina e, de olhar inquieto, passava muito depressa a benzer-se. Chegado a casa, murmurava à mulher, cuidando para que os filhos o não ouvissem:

— Voltei a ouvir o feiticeiro louco a gritar...

A mulher, por seu lado, benzia-se.

— Nossa Senhora! Quando terminarão os seus gritos?

Terminaram bruscamente numa noite de Verão, a 23 de Agosto de 1795. Cagliostro, o mago, o feiticeiro, que dizia deter o segredo da vida eterna e da juventude infinita, estava morto.

Senhores da Noite

No entanto, quando, mais tarde, os soldados de Bonaparte quiseram ver o túmulo e os restos mortais do feiticeiro, ninguém foi capaz de lhos mostrar. Terá realmente Cagliostro morrido em San Leo ou será que a protecção oculta que o salvara do cadafalso se estendera sobre ele mais uma vez?

ÍNDICE

Prólogo 11

O SEDUTOR, CASANOVA

    I. As primícias de um sedutor 15
   II. Os três velhos de Veneza 25
  III. A bela Marselhesa 35
  IV. O fornecedor do Parc-aux-Cerfs 45
    V. Na Prisão dos Chumbos! 55
  VI. A grande evasão 65
 VII. Goulenoire e Semíramis 75
VIII. Giustiniana 85
  IX. Uma famosa caldeirada 95
    X. Um túmulo na Boémia 105

O BANDIDO, CARTOUCHE

    I. A formação de um bandido 117
   II. O rei de Paris 131
  III. A Praça de Grève 145

Senhores da Noite

O MAGO, CAGLIOSTRO

    I. Lorenza 161
   II. Os topázios do Português 175
  III. O Mestre dos Mistérios 187
   IV. O feiticeiro da rua Saint-Claude 201
    V. O colar da rainha 213
   VI. As garras do Santo Ofício 225